三江源，我的瓦尔登湖

龙飞飞 著

中国文联出版社

图书在版编目（CIP）数据

三江源，我的瓦尔登湖 / 龙飞飞著. -- 北京 ：中国文联出版社，2023.7
　　ISBN 978-7-5190-5272-0

Ⅰ. ①三… Ⅱ. ①龙… Ⅲ. ①散文集－中国－当代 Ⅳ. ① I267

中国国家版本馆 CIP 数据核字（2023）第 136858 号

三江源，我的瓦尔登湖
SANJIANGYUAN, WO DE WAERDENG HU

作　　者	龙飞飞
责任编辑	王小陶
责任校对	秀点校对
装帧设计	潘传兵

出版发行	中国文联出版社有限公司		
社　　址	北京市朝阳区农展馆南里 10 号	邮编	100125
电　　话	010-85923025（发行部）	010-85923091（总编室）	
经　　销	全国新华书店等		
印　　刷	天津画中画印刷有限公司		

开　　本	880 毫米 x 1230 毫米　　1/32
印　　张	5.5
字　　数	128 千字
版　　次	2023 年 7 月第 1 版第 1 次印刷
定　　价	58.00 元

版权所有 · 侵权必究
如有印装质量问题，请与本社发行部联系调换

目　录

第一章　初识三江源

情怀高原，无惧初征	002
初识达日黄河大桥	004
昆仑一跃	008
楚玛尔河的落日	011

第二章　再征安澜

自困西宁	014
新任司长	016
俊王卓朗姆	018
玉树的雨	021
扎曲有宝	024
偶遇子琼沟	030
安然黄河沿	034
穿越羊地湖	038
尬桥唐乃亥	043

查杰玛大殿奇遇记	046

第三章　深度窥探

三顾西宁	056
狂奔 800 公里	058
寻觅索加乡	062
深见可可西里，婉转曲麻莱	071
惊魂巴颜喀拉山	076
深陷若尔盖	083
四过野牛沟	086
美丽扎陵湖	090

第四章　收官之行

孤寂西宁	098
出师玛曲	101
一望无际的若尔盖	105
查干塘兴奋记	108
久治久不至	111
附：一封未寄出的表扬信	117
无人机的快乐	119
多变的曲什安河	122
野牛沟的落水狗	128
囊谦之石	131

四季轮播的 308 省道	134
高原冰盖	140
索加乡的春天	144
高原堵牛	146
达日印象	149
后记：大爱青海　圆满六月	152

附　录

相思三江源	155
记 4499	156
别　浪	157
命　运	159
唐古拉的夜	161
大水水文站赞	163
叹玛曲之岖	164
叹　归	165

前　　言

有人曾认真地问过我的梦想。

是啊，我的梦想是什么？我以为自己从来没有一个坚定的梦想。因为我总在为生活奔忙，疲于应付身边的各种琐事。以至于有很长一段时间，我觉得我已没有了梦想，也失去了追求梦想的激情，我只为这副皮囊呼吸。但是，深埋心中的梦想是不会消失的，它不过是需要足够的休眠期，在合适的时间被唤醒并起飞。

曾经，我真的有一个梦想，单纯的梦想。

但是，梦想照进现实的大学录取通知书，却是闻所未闻的水文与水资源工程专业。拿到录取通知书的那一刻，我又开始天马行空地想，这是要我以后致力做一名专门挖水井的女侠吗？可我明明有一颗柔软的心啊！

天生我材必有用。大学四年，宽泛的定向知识学习、纯朴善良又敬业的老师们在我心里撒下了"盲目"的信心：我将终其一生，扎根水利，不离不弃。工作以后接触各行各业，渐渐累积了一些经验和见识。在一个又一个的专业案例中，我逐渐发现自己虽然成不了挖水井的女侠，但可以恪守职业底线，发挥自己的专业所长解决现实问题，顺便给人们普及水资源保护知识、宣传环境保护。通过影响身边的人，让大家对大自然心怀感恩和敬畏。渐渐地，我感觉自己正在以曾经没有预料到的方式实现梦想。

三江源——长江、黄河和澜沧江的发源区。这里地广人稀，但河流交错纵横，湖泊星罗棋布，草原草甸风韵神秘，高山壮丽华美，是无数人梦寐以求的地方，是让无数人叹而称奇的水塔圣地，也是我曾经靠得很近却一直难以企及的高原腹地。大学时代它离我那么近，却因种种原因牵绊，成为我内心向往却总未成行的最大遗憾。每每想起，我都一度归结为今生注定与之缘浅，予它再多的期许，也只能相遇在梦里。

梦似三月春，一举竟成行。2020年，长期从事青藏高原生态水文研究的恩师突然召集我开会，并给予了我一次难得的机会，把我那工作以后足行万里却不出重庆的小小圈子一下扩大到了千里之外。参与这次课题研究，就像那一束照进梦想的光，让深埋在我心底20年的遗憾一下翻身，变得盈满。

我怀揣感恩、期许、谨慎与激动，诚恳地接受了工作任务。在课题执行的两年时间里，我四次进出三江源，足迹踏遍三江源的各条大小河流，翻过数座高山，跨过无数桥梁，扫过连片的草原，总行程接近40000公里。这几次行程，我秉承的是自己一贯追求完美的工作态度，日夜兼程、不辞劳苦，同时保持内心柔软并所见皆为美的天性。也正因为如此，舟车劳顿的我，在见到了梦寐以求的高原蓝天白云，湛蓝且悠远时，可以分分钟疲乏全无，快乐得跟小孩子一样。在超过海拔

4000 米的地方开展工作，让我提前感受了未来 80 岁的自己该以怎样的步履去面对生活。还有那高原上四季轮播的气候，与我的家乡重庆比起来，无论是气温的急速跳转还是日晒雨淋的随机混合的味道，绝对巴适得板！更为神奇的是，我竟然在这里找到了困惑我三年的谜题答案，给予我继续追逐梦想的不限杯分量的兴奋剂！

  一路走来，这伴随课题开展走遍三江源山川河流获得的点滴，这一番宝贵的工作经验累积，这一串串不断冒出的自觉有趣的想法，就如曾经给予亨利·戴维·梭罗无限灵感与思想的瓦尔登湖一般，让人沉醉并难以停歇。伴随着路途中所遭遇的期望中的天高云浅、意料之外的狂风暴雨、随机馈赠的烈日暴晒，以及如此种种所带来的无限惊喜，它们毫无例外地成为我实现梦想的脚印，汇聚成了属于我自己的"瓦尔登湖"。

  我愿意记录这样的逸闻，并且孜孜不倦地分享从理工科文学爱好者眼里折射出的三江源。就让我在这样的"湖面"开怀，享受人生，并以此为桨，继续追逐更远的梦想吧！

第一章 初识三江源

(2020.09.13—19)

三江源标识石
2020 年 9 月 15 日摄于黄河沿水文站

情怀高原，无惧初征

长期深居内陆低海拔的人，内心深处对高原的渴望、向往和好奇，未必可以用说走就走来解决。因为人身出世，即便是满心向往，现实中总有这样那样的牵绊，或者是如此种种的理由而脱不开身。但，获得一种必须前往的使命的时候，一切阻碍就瞬间失去了优先权。

我参与的三江源水资源形成研究课题在 2020 年 7 月正式启动之后，我就迅速与恩师商量确定了我们的外业采样工作计划。9 月是三江源的秋天，汛期结束，冬季未至，从各方面条件讲，都是开展外业工作的佳期。于是，一股从未有过的"中奖兑现"以及梦想忽然照进现实的喜悦油然而生、难以遏制，使我激动万分。

去到陌生的地方，提前做功课是我在研究生阶段就养成的习惯。尤其是对于常年生活在海拔 250 米左右的我，兰州七年的求学生涯里，多少也算是掌握了一些对高原出行的背景知识，深知提前做功课是非常必要的。而我的团队小伙伴、我的家人还有关心我的朋友们在知道这一行程决定后，更是不停地叨叨要提前做准备——至少提前半个月开始服用红景天，加强锻炼身体，一定要活蹦乱跳地从重庆出发。虽然我重视并执行，但是我内心深处依然保留了强烈的怀疑态度。

终于，2020年9月13日这天，我们一行三人从重庆出发，来到了我阔别15年的城市——西宁，开启了我们的三江源之行。这既是为完成课题任务的行动，也是为实现我内心渴望的向往。

尽管曾经在兰州求学时来过一次西宁，那时候年轻的我根本就没有考虑过而今所谓的高海拔，几乎就是无痕度过简短几天。但那时对西宁浅薄的印象，除了青海湖以外，已经非常模糊。在飞机进入西宁城区上空时，俯望着两山夹一槽的西宁城，我印象中西宁的样子全然不见踪影，徒留满脑袋的陌生。在曹家堡机场，9月明晃晃的太阳和不那么友好的秋风，让从热烘烘的重庆初来乍到的我有点瑟瑟发抖。面对斜阳，我在心里默默地呼喊："西宁，我来了！三江源，你终于等到我！"

太阳下山之后，单薄的外套在9月的西宁已经无法抵御这萧瑟的晚风。我知道，高原的深秋，已在西宁昭示，我们的行程，有很多的未知等待我们去解密。而接待我们的朋友，知道我们是从海拔250米的大重庆初次到达这海拔2260米的西北城市，对我们的适应能力表示非常担心，反复叮嘱我们高原注意事项。我完全理解和接受他们对我们的关心和担心，但我也不是太担心他们说的那些高原反应。我的自信来自上大学时候，在祁连山海拔3200—3800米的地方实习了十天。即便那是15年前的事，但我依然觉得自己的身体适应本钱还在，何况来之前的功课可是做足了的。所以，面对这样的海拔变化，我非常淡定，甚至还有一点兴奋。最直接的表现就是说话的时候，总显得有点高兴过头而语无伦次。

这晚，我更加坚定了对此次行程的期待。

初识达日黄河大桥

上研究生的时候，每每和师兄师姐们谈起达日，我的脑海里就会冒出《北京的金山上》那首歌，内心无比向往。因为这是黄河源区最上游的一个县城，在我心中如神一般纯净地存在着。但是，从未去过。

这一次，我终于要去达日了。

陪我们同行的还有检测公司委派的采样技术员小龚同学和司长杨师傅。小龚同学是四川人，毕业工作才一年，清瘦的样子让人感觉一阵风就能吹倒。他的话特别少，感觉是那种非必要坚决不说话的安静的孩子。杨师傅是地道的青海人，浑身写满的是风尘仆仆，个子很小。出发当天，他开着拉风的丰田霸道越野车来接我们的时候，我从他那古铜色的皮肤，看到了高原人特有的光芒。

只不过，从杨师傅第一天载上我们出发，每天给我们说得最多的就是担心我们有高原反应。尤其是我们当时说第一目的地是达日县的时候，他不停地摆手说："那地方海拔 4000 多米，你们这些从 200 多米海拔的地方来的，去不了，太危险了。"我说我们做了很多准备工作，包括来青海前十天就有开始服用红景天，身体非常健康，也耐得辛苦，去达日肯定没问题。而且那里我们预定的采样点很重要，不可以从采样名单里面去掉。就这样反复地相互说服了好几次，杨师傅最终答应我们，从西宁先到兴海适应一下，然后把时间赶紧一点，一早从兴海县出发，以确保白天到达日采样，采完就离开，到临近海拔低一点的地方过夜，晚上绝对不可以住在达日那边，以免晚上出现高原反应。他的一脸认真和严肃的语气，着实很吓人，还有他不时想起来就跟我叮嘱一遍高原反应的危害，让原本信心满满的我，心里都有点打鼓。但，我的决心是坚定的，达日县城边的采样点，必须去。

就这样，9月15日早上7点半，我们从兴海县出发，一路飞奔，伴随着杨师傅不断的关切，中午12点半的时候，我们到了达日县城的预定采样点——达日县黄河大桥。不过现状运行的达日县黄河大桥因为紧挨县城，有不少的货车停在这附近，而且来往的车辆也给采样工作带来不利影响，于是我们决定到旁边废弃的达日黄河大桥上去采样。

这座废弃的达日黄河大桥，是1960年修建的，全长150.45米，上部由T梁和箱梁组合而成，下部则是由沉井基础支持的重力式墩台。它是达日县现存最早的公路大桥，曾经是达日县与大武镇之间唯一的一座黄河大桥。所以在它的服务周期里，不仅给两岸居民出行带来了方便，也促进了达日县的旅游、文化和经济的发展。现在，因为达到服务年限和城市发展的需要，它光荣退休了。破碎的桥面和陈旧的栏杆，展示着它曾经的历史。虽已破旧，但雄风依然，并不影响它发挥新的功能。而今，它满身载满了当地民众的祝福与祈愿，安静地横跨在滔滔而过的黄河上。

当然，它的存在，也给我们的采样工作提供了便利。我们可以严格按照水样采集的要求，在沿桥的整个跨河断面上，在不同的水深区域采集水样。湛蓝的天空中飘着洁白无瑕的云朵，伴随着金灿灿的阳光，还有这样完美的采集断面，让我禁不住欢欣鼓舞。全然忘却了这是在海拔 4000 米的高原上，我应该按捺住内心的激动，用缓慢的步伐去丈量这座桥。当我提着气压计和记录本，从越野车上开心地蹦到地上的时候，车内外的温差给了我一掌，直接把我击了一个趔趄。

我重新整理好衣帽，戴好墨镜，拿着气压计和记录本跟在小伙伴们的后面，朝着桥面走去。

午后的阳光紫外线非常强烈，照在我的手背上，我甚至都能感觉到一种软刺的侵袭。我抬起头，对着太阳望去，即便有墨镜，眼睛依然眯成了一条缝。然后视线随着太阳洒下的光芒，流窜到不远处的水面上。波光粼粼。呀，这就是我曾经无数次想象的达日的黄河呀！这阳光让河水的流动看起来更加具有动感。而泛青的水色，让人很难和黄河的"黄"字联系起来。当然，这里是黄河上游，高山寒漠土、高山草甸土和高山草原土支撑的地形地貌，不会像中游黄土高原那样给黄河供给大量的泥沙，这河水泛青也是理所当然了。

杨师傅把绑好绳子的采样器从桥的上游"吧唧"一下扔到河里，这声音才把我的视线收了回来。沿着采样器的绳子望过去，我才感觉到脚下的河水实际上湍急着呢，全然不像远处看起来那么慵懒和慈祥。它们就像驮着使命的弓虫，正一漾一漾地快速向下游前进，多看一会儿，甚至有一种眩晕的感觉。我赶紧提了一下精神，叫杨师傅把采样器拉起来，换到桥的下游方向去采样。因为桥的上游方向,在风力、水流冲击和桥墩阻碍下,采样器很容易在收回来的过程中因为晃动而撞击到桥墩或者栏杆石而损坏。在桥的下游方向采样,即便河水有意要将采样器带走,在采样绳的限制下,采样器也能灌满河水,并且能顺利地将绳子无障碍地拉起来。采样器采上来的水,略微有一点浑黄,但透明度还不错,我心安慰。

就这样上上下下地用采样器取了十几次,总算是把这个点所有的采样瓶都装满了。杨师傅不断地感慨说:"龙老师,你这和放个水桶下去舀上来的水难道不一样吗?"我笑笑说:"有一些指标采样器采上来的和水桶取的还真不一样呢。明年我们再来的时候,不用测那几个特殊指标,就可以用水桶打水上来了。"同行的小李同学忍不住跟杨师傅说:"杨师傅,我给你讲,我们龙老师对待工作,一贯是特别认真的。"听他这么一说,我忍不住哈哈地笑起来,这本就应该如此,不是吗?

我们小心翼翼地采完水样,来来回回四五次才把这些装满水样的瓶瓶罐罐都搬回车上。然后,杨师傅一脚油门下去,毫不留情地离开了这个我向往无数次的县城,一点儿也不留给我进城的机会。

达日黄河大桥(旧桥)
2020年9月15日摄于达日黄河大桥桥头

昆仑一跃

昆仑山驿站是从格尔木前往拉萨的必经之道。我们去往雁石坪，沿着109国道京拉线，也会经过昆仑山驿站。

曾经迷恋的神话小说中、研究生同门师兄弟的口中、关注的青藏高原的文献中无数次描述过关于昆仑山的种种艰险、神秘，唤起我对昆仑山无限的遐想。从格尔木出发，除了京拉线上往来车辆，几乎就没有什么人烟。一路而来，除了一路的戈壁黄沙，满目留下的就是9月已至深秋的高山草原，还有那蜿蜒的青藏铁路，默默地矗立在宽阔的天地间。蓝天白云之下，满目的苍黄昭示着生命的流淌，而往来的车辆却显得匆忙异常。

这样注视太久，心里会有一种莫名的伤感。其实我有一颗脆弱却不服输的心。

自9月13日出发以来，一路的所见，带着对高原模糊的记忆，既熟悉又陌生，尤其是我们走在这条京拉线上，随着海拔的不断攀升，司机王师傅（这天换了一位司机师傅）对从低海拔来的我越发地担心了。只是我好像有点让他"失望"，除了走路步伐明显缓慢以外，能吃能睡，也没说头疼。尽管如此，他一路都还是小心翼翼的，赶路的时候特别专心致志，就想着尽快干完活儿返回西宁。所以，这一路，我真真就是一晃而过。但是，到了昆仑山驿站，我强烈要求一定要停下来。我要认真地看一看这里。因为翻过昆仑山驿站这个垭口，也算是进入可可西里，这边的海拔就在 4500 米以上了。

　　昆仑山驿站因其重要的地理位置分界线，在这里停留的人还不少。这里也是从格尔木过来，第一处海拔超过 4700 米的地方。海拔 4768 米的标识牌挂了好几处。看着看着，突然就想验证一下自己在高原表现得很好。除了很认真很严肃地站在那个标识牌前拍了照片，以示到此一游以外，其余的就忍不住要调皮起来。比如，穿着黑乎乎的羽绒服，戴上羽绒服帽

昆仑山世界地质公园海拔标识石
2020 年 9 月 17 日摄于昆仑山世界地质公园

第一章　初识三江源 ｜ *009*

子、口罩和墨镜把自己裹得严严实实，站在三江源国家公园地理标志碑的阴影里拍个纪念照，照出来以后，黑乎乎的一坨，只能看到一面口罩，隐约能感觉到那个人在笑；抱着昆仑山地质公园配套设施建设项目的工程竣工永久性标牌给自己留下到此一游的照片，背后映衬着威武的"昆仑山世界地质公园"几个红字，一脸严肃却总让人觉得有点突兀；与广场上的瑞兽不讲礼貌地一比高低，却被刺眼的阳光照得眼睛眯缝成了一条线，认真又憨傻。

  我贪心地想把这个昆仑山驿站的每一个角落都收到镜头里，印在脑海中。因为，车轮卷走的不仅是这路面的尘土，还有我来过这里的影子。天高云淡，我在相机中留下瞬间，证明我来过。

楚玛尔河的落日

2020年9月17日这一天，紧赶慢赶地到达楚玛尔河的预定地点时，秋末的落日美景刚刚上演。

这是一出冷艳孤傲的风景。

即便是已近天黑，但是天空依然湛蓝不退。即将朝下的余阳，还在努力放出万道光芒，无论粗细，都勤恳地照亮世间这一切。就连天上慵懒堆砌的几片云彩，也由此带上镀金霞光，从乌黑变得高调起来。落日触碰到山河交接之处，将它们生生分开。右边是渐次升高的山峦，层峦叠嶂，安静慵懒；左边是蜿蜒曲折的楚玛尔河，宽阔的水面冒着浅浅的水波；余晖硬是演变为一坨刺眼的球，似那时光机的出入口，闪耀其中。

楚玛尔河才不关心余晖散出之际要珍惜风景，汨汨地凭自飘摇至近前，那河面上微涌的波纹，带给人时光不老的错觉。远处的青藏铁路桥，细小得就像火柴棒，在落日余晖散出的万道光芒之下，显得羸弱却婀娜。甚至，让人心生怜悯，忍不住想要保护一番。这究竟是桥跨过了河，还是河环绕了桥？黄昏时分，追逐霞光的，除了这山这河，还有徐徐而至的晚风。它，来无影去无踪，疯癫地肆虐横行，四处张望寻找自己的存在感。桥头那飘忽的旗帜，就是最好的证明。除此之外，就只剩下桥边摸黑采样的我们仨的凌乱样儿，还在回应这无形的晚风。

嗯，这已经不是最重要的事。重要的是，我在这里，感受到了太阳的不舍，感受到了秋天的味道，感受到了傍晚的宁静，感受到了高原的孤寂。我紧握双手，擎头而望，撒开思想的网，把这一切装进肤浅的镜头。我又无限伸开双臂，颔首而思，展开贪婪的喉，把这一切吞进深沉的脑海。

晚安，楚玛尔河。

楚玛尔河的落日
2020年9月17日摄于唐古拉山镇青藏公路长江源头第一桥（旧桥址）

第二章　再征安澜

（2021.05.23—06.18）

卓朗姆山沿途
2021 年 5 月 28 日摄于京拉线花石峡段

自困西宁

按照项目进展约定，2021年5月底该到青海采样了。但是一开年除了各种各样的项目申报书，团队老大揽了一堆社会服务项目。老大突然变得勤奋，开始疯狂工作——我们发现这一批项目做下来，可以为我们的一些想法累积很多的基础数据，提升一大截专业技能水平，值得奋斗。

随之而来的恶果就是有限的队员面临巨大的任务压力。就像"斜杠大王"的"乌合之众"一样，成山的订单因为时间限定而面临极度催工，高强度地加班加点却依然人马紧张。用他的话说，上上下下，就差炊事班下一线共同奋斗了。他们焦急得不得了，我们也好不到哪里去。好在聪明的人儿总会适时地东拉西扯，四处搬救兵，终于把任务都安排下去。但这样专业性很强的任务，流水作业的可能性基本为零，必须一人扛住一方，哪怕焦头烂额。

团队老大本来挺心疼我这个"刺儿头小辣椒"，建议我只需要负责前期标书，后期校核，具体的编制过程安排其他队员来干就好。但是，凡事追求完美的我不同意。在我们仔细研究了工作大纲，东奔西跑收集各种资料的过程中，他意识到我坚持要独自挑起一份完整的任务是正确的。因为随着任务开展的过程，各种幺蛾子来捣乱，什么数据不一致啦，看起来精准的数据计算出来却分分钟让人抓狂呀，项目业主对我们的疑问一问三不知啊，相关部门说不出数据来源，等等。各种抓狂，各种无语，工作进度一推再推。时间就在收集资料的往复、确认数据的来回中，剩下的越来越少。团队老大从一开始就一直紧张，三天两头催我要把控工作进度，不能让"猪队友"们掉队，要按时保质保量完成相关工作。即便我因"疫""困"在西宁，每天仍然不忘准时提醒我，要跟踪队员进度。可是，他们要是不掉队，能是"猪队友"吗？最严重的问题是，我觉得我也要掉队了。所以，我把自己困在了西宁，希望在采样路上，利用山高皇帝远的优势，掐出时间，赶上进度。

理想总是美好的……

这期间，除了对接了三次采样工作安排，和许久不见的朋友一起吃了两顿饭，其余时间我都非常自觉地把自己关在宾馆，没日没夜地赶进度。下午的时候，突然发现自己已经到西宁五天了，可是来之前计划三天的工作任务却只完成一半。惶恐不安！明天已经不能再如此躺平了，明天得开启卷积模式，依照计划出发去玉树干活了。看了行程，似乎之前的玉树行程计划，也要多耽误几天了。不过没关系，我会做好并且成功的！

困住自己的人，却困不住努力的心。今晚，为进度无眠。

新任司长

总算把手上急切的工作处理得差不多了。我在西宁这几天，也算是比较圆满地完成了所谓的高原适应体验。出发前，到检测公司去办了出发交接，认识了一下同行的小伙伴。

我们的团队人手紧张，所以这次我一个人来了。检测公司的人员因为工作量充足，也挺紧张。不过，我到西宁之前，就强烈要求检测公司必须是上次与我同行的小龚同学，以便工作更加高效。只是上次的杨司长，这次是没办法一起了，所以，他们把公司压箱底儿的帅哥派给我做司长。对我来说，工作效率最重要，我每提前一天完成工作，那我的开销成本就节约一笔，所以我也就接受了检测公司的安排。

这位帅哥挺有意思的。土生土长的青海人，干营销职业十几年了，但偌大的青海却没有去过太多的地方。尤其是听说要作为司长，带着一个大学女老师把大半个青海都跑一圈，开展采样工作的时候，他甚至都有点怀疑领导是不是给他安排了过于高风险的任务。不过，他见到我，打量了我一番以后，心里的石头落地了。这是我们熟悉以后，他自己告诉我的。

帅哥姓霍，藏族人，瘦高个，我需要仰望的身高，但年龄和我不相上下。按照青海的叫法，依他的任务分工，我应该叫他霍师傅。但是，按照大重庆的叫法，凡是一路的都应该叫老师，霍老师在重庆方言里，听起来不是很礼貌，于是我大大咧咧地以队长的微弱优势跟他讨价还价，说："为了显示我的尊敬，也为了我们的合作顺利，我就不叫你霍师傅，霍老师了，那样你太老了，不利于营造你快乐的情绪，就按照我们重庆的习惯，叫你霍哥或者藏族霍哥吧。"这家伙天性开朗，看我一开口就这样给他定义，也大方地说："行呢。不就是个称呼嘛，龙老师顺口就行。哈哈……"

就这样，新任司长接受了我的建议，并开启我们这一路严谨又不失"逗比"的采样之旅。

俊王卓朗姆

　　一早从西宁出发,沿着共玉高速,向玉树进发。中午午饭时间颠簸着到达花石峡镇。实际上,在离花石峡镇还有 20 多公里的时候,层峦叠嶂的雪峰山就渐渐交叉映入眼帘。

　　在这个时间节点,到了花石峡镇,因为靠近玛积雪山,留有积雪的山峰就多了。举目四望,目光所及之处,稀稀落落的,还积着雪。气温也只有可怜的两三摄氏度。我已经从西宁出发时穿着薄薄一件变成了裹着羽绒服捂着帽子戴着口罩的全副武装。

　　过了花石峡再向前,受前几天地震影响,我们就只能走 214 国道继续前进。出发大约五公里后,就开始爬坡翻越卓朗姆山。这一段的海拔在 4400 米左右。中午的阳光携着厚厚的云朵,把蓝天扯得老远,满眼全是覆盖着柔润白雪的黄草荒山。随着车轮在凹凸不平的路面上的滚动,忽高忽低的形状各异山头,依次晃过我的眼帘。看着这种景象,伴随车身颠簸的我有点木讷。

　　忽然,有两个盖着牛奶般丝滑的积雪山头引起了我的兴趣。我赶紧拿出相机"咔嚓咔嚓"拍了两张照片。新任司长霍哥看我突然对这雪山来了兴趣,打趣我说:"哎,龙老师,咱要不把车停路边,下去欣赏欣赏这雪山?"面对这雪山,想象着外面的寒冷,我怯懦地摇摇头说:"就在车上欣赏就挺好了。"其实,是我不想下车去感受那呼呼的雪风,我怕我这粉嫩的重庆妹儿被高原的风馈赠一个高原红,我也怕自己不抗冻的小身板又给这气温欺负得牙齿打架。

　　卓朗姆山应该是这一段的群山王子吧。你看那山形,流线舒畅,沿着山脊你的视线愿意无限延展,怎么也不想看到尽头。还有那覆盖的积雪,它浑身闪耀着银光,皑皑白甲裹得严严实实,让人莫名崇拜,忍不住望了又望。再看看这前前后后的其他山头,不是乱糟糟的山脊线,就是低矮得毫无山顶可

卓朗姆山沿途
2021 年 5 月 28 日摄于京拉线花石峡段

言,还有它们的积雪,就如乱石点缀般,呈斑块状稀稀落落地覆盖着,伴着尚未苏醒的草根,全然一副吃瓜群众的模样,让人毫无兴趣。

而卓朗姆山就不一样了。在这个公路海拔4400米的地方,它几乎是囊括了方圆数座山的万千宠爱,甚至有那么一些孤傲。是怎样的鬼斧神工和万般挑剔,才在这样的环境下造就了这看似冷漠、实则惊艳的山之王子呢?恕我学浅无知,竟想不明白这是山神的力量,让它集万千恩宠,被天地忍不住地偏爱,就应该有别于周遭。我咽了咽口水,凭着记忆的文字简单脑补了一下曾经的造山运动。再回望一眼这后视镜里的群山,依然冷漠如初。我轻轻地叹了一口气又深深地吸了一口气,翻涌的内心静止于淡然的脸庞。

我再次望了又望卓朗姆山,忽然感觉它似乎也不是初见那般冷峻。它阳刚也温柔地眷顾着这一片多情的土地。

玉树的雨

起床的闹钟响了好几遍,总算醒过来了。一周以来,这是睡得最踏实的一晚,无梦难醒,直到闹钟催了三遍。

我从床上抽身走到窗边,拉开窗帘,看见远处山顶上妖娆的雾团,没有阳光。我有一点失落,垂下眼帘,瞥见的是丝绒细雨。

早上的加尼陇山

查了地图，映入眼帘的左边这座山叫加尼陇，就是靠得很近的山的意思。加尼陇还沉睡在冬日里，浑身散发出尚未苏醒的信号，有点像今早慵懒不想起床的我。它的左侧一条山脊线迤逦下行，与天之间明明白白画了一条"三八线"。它的右侧，则要狡猾得多。最近的一条山脊线如女人练瑜伽时无限延展，曲线优美，充满了挑衅。其后竖了好几面镜子，重复着这一条美丽的曲臂与挑衅。就连云雾都是偏心的，轻轻柔柔，绕着这无限延展的胳膊，直到远处望不尽的踪影。也许正是这丝绒细雨，给予加尼陇无限妩媚，衬托出旁边栽星拢乌山的憨态。因为这家伙像两个刚出炉的大肉包子，呆呆的，与加尼陇对望。

两山相交的冲沟里，密密麻麻又错落有致地点缀了很多

黄昏的加尼陇山
2021 年 5 月 29 日摄于玉树市城区

民居。一点一点，方方正正，一直迤逦下行连接到城区，给人一派安静祥和的幸福感。就像千百年来矗立在那的一幅画，嘤嘤诉说。唯独沿着冲沟弯曲向上直至两山交接处的乡村道路，给这静静的村落挑起一波动感。但这一行波浪，在下行到房屋时，却戛然而止，再无踪影。

收回我游离的双眼，即便是这样阴沉的天气，却依然会立即定睛到金闪闪的屋顶上。这直眼望见的，就是即便雨天也犹如明灯闪耀的结古寺，相比昨日傍晚，显得更加高傲。据说，这些金顶的闪耀程度，代表着寺庙香火的盛衰，也反映着这些信徒经济条件的优劣。玉树城里，有着大大小小数十座这样的寺庙。它们所彰显的民族信仰，哪是远处这两相交叉的山体靠魁梧身形所能弥盖的？

雨天，惊喜与忧愁共存。

扎曲有宝

5月29日早上8点13分，我们驱车从玉树出发前往囊谦。今天的第一项任务是在囊谦县城上游的扎曲河采样。从地图上看，大概两个半小时就可以到达。

我们到囊谦县扎曲河采样点的时候，差不多上午11点。不过当天天气不太好，阴沉沉的，天上的黑云密密实实的。除了这黑压压的感觉和重庆下雨天差不多，那河风就颇具地方特色了。起码，对于我来说，呼啸的河风如果打个卷儿，再妖娆地转个身的话，我完全有可能被这些风儿招了去，然后丢到扎曲河里面喝几口水。不过，我又不是"厦大毕业"的，风儿呼啸招呼得再厉害，我这"家里蹲大学"混出来的胖子也不是吃素的，风险高了我可以躲起来呀。哈哈……

按照我们各自的分工，藏族霍哥和小龚同学负责在这个废弃桥头上采集扎曲河水装瓶，我负责把采样过程拍照，记录现场测定的数据。我们从车上下来的时候，他们俩一人穿件冲锋衣，帽子也不戴，手脚麻利地干起活儿来，全身上下一点儿也不含糊。我看看他们俩的小身板儿，心里嘀咕着："你们咋那么抗冻？"再看看我，羊绒衫长羽绒服，鸭舌帽外面还罩了羽绒服的大帽子，捂着口罩。可呼呼的河风还是把我刮得哆哆嗦嗦的。嗨，他们俩已经顾不得管我这尿样，自顾自地干起活来。徒剩我一个人在河风凌乱中尴尬。

藏族霍哥一边吹着口哨儿，一边把采样瓶的柄用绳子捆得结结实实，然后掂手里试了试，再使使劲儿，就扔到了扎曲河里。扎曲河的河水流速比较快，水也浑，在桥墩附近又有漩涡，我们站的位置河岸也陡，这座废弃的桥已经没有桥板，只剩下拉索和在风中摇摆的钢索。中间我们是没办法去了，所以我嘱咐他们，尽量从不同的方向把采样瓶扔出去，以尽量取到不同深度的水样。不过，每当他们把采样瓶从不同方向扔到河里的时候，我就会担心采样瓶会不会因为水流太快而起不来了。还好，取水过程一切顺利。

每次他们把采样瓶向扎曲河投进去的时候，我就特别想

扎曲河桥采样（废弃桥）

抓拍几张那种既能反映我们采样点特征又能把采样人员都囊括进去的照片。不过，地理位置的限制，注定了举着相机的我，在他们身边像只热锅上的蚂蚁，转过去转过来，相机举上又放下，犹豫不决地在那掐点拍照。更何况，我这小个子，在安全位置空间有限的情况下，把他们俩拍得真是惨不忍睹。几个来回下来，尽管我内心十分愧疚，我还是假装镇定自若地在旁边继续发抖，伺机抓拍，然后还不断默默安慰自己，反正我一女的，干不动体力活儿，个头儿也小，拍得太丑，他们也不能把我怎么样。

在我任务完成，等他们将水样分装采样瓶的时候，呼呼的风儿让我本能地打起退堂鼓，"噌噌"地就爬上了车。我在车里坐了几秒钟，感觉留下他们俩在外面吹风干活，这样做不厚道。于是，我又从车上跳下来，然后就开始猫着腰，在草丛里四处转悠。嘿嘿，这动作，是我多年野外工作养成的寻宝姿势。常言道，"常在河边走，哪有不湿鞋"。对于我这种干水资源工作的科技工作者，就应该是，常在水边走，哪能不寻宝。我要寻的，就是所到之处的有缘之石。

实际上，扎曲河这个采样位置，刚才一停车的时候，我就看见有好多石头，不论大小都特别顺眼，还未近看，我就早已两眼放光。只是这呼呼的河风，转移了我的视线，让我忘记了这件事。这得空歇下来，我就赶紧摸过去一探究竟。遗憾啊遗憾，这些大大小小的石头，它们都已名花儿有主了——上面都刻了长长短短的藏文。遗憾之余，我转到河边一处碎石堆上。根据这些碎石的组成来看，这应该是之前凿石弃渣之处，然后随着河水的涨落，河砂和这些碎石已经胡乱混合了。

突然，我眼前一亮。一块尖锥形的墨绿色石头映入我的眼帘。嘿，在这遍布花岗岩和砾岩的河滩上，偶尔遇到一些不同品质的石头，自是无比欣喜。嗯，我这个人就是这么容易满足和快乐。于是，我把它轻轻地捡起来，拨掉上面的沙子，又在手心里搓了搓，冰凉冰凉的，但又有那么一丝的水润触碰到我的手心，我不自觉地把口罩去掉，举起这块儿石头吹了吹，然后又在手心捂了捂。嗯？确实有一种柔软的感觉呢。这墨绿的颜色，沾上水以后，再看里面的杂色和裂痕，它们居然有一种似静却动的和谐感，越看越顺眼，然后我就心安理得地揣到了兜里。接着随手捡了一块条状的石头，继续在那堆碎石里掏

扎曲河边寻的"宝石"
2021年5月29日摄于澜沧江杂多县附近

着沙子。我相信这里面有宝贝。

在等待小龚同学完成最后工作流程的间隙,藏族霍哥见我蹲在那砂石堆里不动了,好奇地跑过来看我在干啥。实际上,出发这两天,每次他看见我在河边的石头堆里走过去走过来都会很好奇,只不过之前他都忍住没有问。这次见我一直在那里掏沙子,实在忍不住了。我告诉他我在淘宝贝呢。他一脸不相信地说:"这都是石头渣滓,有啥宝贝,难不成有金子?"我呵呵一笑,神秘地告诉他:"这里没有金子,不过可能有玉石的原石。"他更惊讶了,脸上写满了7个字:龙老师是大忽悠。

我随手递给他一块儿刚刚淘出来的大拇指大小的一块石头,然后又捡起地上的玻璃碎片,让他用玻璃碎片去划石头,试试这个石头硬度如何。他满脸的不相信,玻璃片划石头,那肯定是一划一道疤,不然还能怎样。但他的操作结果让他惊讶了,玻璃片从石头表面划过,居然没有留下任何的痕迹。藏族霍哥瞬间就来了兴趣,叫我教他怎么去识别这些石头,哪一块儿也能像手上这个小石子一样,坚硬无划痕。我故意卖弄,对他神秘地说:"这个要看缘分的,有缘自会相见,无缘脚下难现。不过有个简单的办法,那就是你拿不准你相中的石头是否是这样的原石宝贝,你可以拿玻璃片去划,如果有划痕的,你果断地扔掉,没有划痕又看着顺眼的,你就拿给我帮你瞧一瞧。"这家伙果然就去捡了一个玻璃片,见到石头就去划。然后划过去划过来,折腾一圈都没有捡到我递给他的那种硬石头,就有点沉不住气了,跟我抱怨说:"龙老师,哪有什么宝贝,我咋就找不见。"

看他那诚心的样子,我又教他如何去识别这个石头是否值得一划，还有哪些石头直接就不要碰。然后他又开心地去寻宝了。没过一会儿，就划拉了一块浅墨绿色的岩板石头渣，大约十公分长，三公分宽，沾水以后看着还挺润的。不过仔细看那表面，也不过是一块普通的石头，在分裂运动的过程中，已经很光滑了。我给藏族霍哥说那只是一块儿普通的石头，但他觉得掂着很有手感，拿在手里就像一个墨宝，又软又滑又可爱，十分有意思，认定这就是他的缘分了，便开心地把玩起来。

　　小龚同学一直是那种少言心热的小男生。不管是上一次我们一路采样，还是这一次同行出来，他基本上都不怎么说话。但我看得出来，他也喜欢找各种好玩的石头。所以，在这个河滩上干完活儿以后，我们三个人都弓着腰，在石头堆里聚精会神地兜兜转转，寻找自己心中的宝贝，全然忘记刚到这里时，饿得咕咕叫的肚子需要安慰。

偶遇子琼沟

能和子琼沟相遇，完全得益于我的粗心。

5月29日晚上，我们收工回到玉树歇脚，吃完晚饭在格萨尔广场溜达，正好碰见晚间虫草集市。一直对新鲜虫草好奇的我，怎么可能错过这样的机会。于是，在广场角落的小超市买东西的时候，顺便虚心请教了如何去跟藏族同胞交易。然后我们三个人就优哉游哉地溜达到这些卖虫草的人的周围，东看看，西瞧瞧。最后，还是没捂住自己的荷包，在藏族霍哥的帮助下，买了五根新鲜挖出来的虫草。不过回到住处，发现停电了。然后我就耍赖皮，把虫草交给小龚同学，请他帮我把虫草的泥刷一刷再给我。他可真是心细呢，刷了两个小时，然后装在牙刷盒里还给我。

结果，第二天早上退房的时候，我把装了虫草的牙刷盒当垃圾扔掉了。一直到我们出发半小时以后，我突然在车上想起来，然后一声尖叫，一惊一乍的样子把正开车的藏族霍哥吓了一跳。哎，不稳重，不稳重，阿弥陀佛。为了小龚同学刷这五根虫草的泥，我们决定回去找。然而，照着手机电筒，花了两小时，我们啥也没找到，还把时间也耽误了。

然后，我就在奥维地图上扒拉扒拉，发现有一条近道可以去往通天河直门达的下游。这条路在奥维地图上标记的是黄色，看起来应该是一条比较好的乡道，因为之前比较烂的乡道都是灰色标记的。经过商量，我们一致决定从这条路去目的地。奥维地图上显示，这近道要经过国道214，在禅古寺分路，然后走文成公主纪念馆这条小路，一直进到山里，横插勒巴沟，再沿着勒巴沟底向前就可以直达通天河直门达下游了。

事实证明，这条水泥路面的乡道还不赖。路过勒巴沟的时候，才知道这里有全国重点文物保护单位贝大日如来佛石窟寺及勒巴沟摩崖的勒巴沟口佛塔。不过，我们是没时间去瞻仰了，路过看看红房子就好了。但过了勒巴沟的来巴，开始向沟里前进的时候，几个弯拐下来，四五公里的路程，地形地貌和植被都发生了显著的变化。这里不再是高山草原和高山草甸，两边的高山开始出现森林。先是远处的山上游的松柏，后来马路边居然出现了整整齐齐的杨树，全然进入了新的世界。再到沟底的时候，竟然看见了景观亭，修在河边，很茂盛的高山柳四处分布，让人忍不住兴奋起来。嗨，我这个人就这点德行，给点阳光就灿烂，给点甜头就不知天高地厚。于是，我招呼藏族霍哥赶紧找个安全的地方把车停下，我们要下去呼吸一下这里充满氧气的山间空气，并到河边探寻一番。

河边的石头被打造得非常的精美，刻的藏文都是金色的，看着就特别的大气。而那欢腾的河水，清澈见底，简直是燃得爆呢。两岸的山，长满了墨绿色的松柏树，和视野尽头的山头比起来，完全就是不同的世界。更让人惊讶的是，好像这河水这景色不自觉地就散发出一种兴奋剂，让人忍不住想要蹦想要笑。我就在那景观亭旁边的小桥上走过去走过来，肆意地呼吸着这山间清新的空气，开心得跟个小屁孩儿一样。要不是碍于这两位不太熟的小伙伴儿，估计我得在那载歌载舞，直到筋疲力尽才会罢休。

景观亭旁边有一处玄武岩垒起来的石壁，上面有一块石碑，大理石面上用镏金的三种语言赫然写着：子琼沟。一条灌木葱茏、涧水潺潺的山谷曲折南延，它的藏语意为鸟水沟。沟里的石头及岩壁上刻凿的观世音经咒、莲花生经咒等经文及佛像、佛塔无处不在。其中有许多是深凿在临之目眩而难以攀缘的悬崖峭壁间的大型摩崖浮雕。有的则刻写在河底的大石上，字迹清晰、工整，成为明澈溪流中一道亮丽的风景。

哎呀，看完这个，刚才看见那些藏文的疑惑豁然开朗了。

子琼沟
2021 年 5 月 30 日摄于来巴子琼沟

不过刚才我只看了河岸的那些刻着字的石头，没有注意看河底的石头是否有字。我又跑到河边去看那些大块的石头，果然，清澈的河水淌过的那些石头上面都刻着镏金的藏文。我怀着无比崇敬的心，默默地在心里向这些瑰宝敬礼。真的是太了不起了！大自然神奇地在这里安排了这样一条灌木葱翠的山沟！虔诚的人们，就地取材，在这些颇有挑战性的河底和崖壁上凿刻信仰！

　　这次抄近道所收获的偶遇，不仅让我呼吸到了氧气满满的新鲜空气，还见识到了这么多难得的风景。这样的待遇，会不会让身为工作狂的我爱上探寻不重复的路线，然后以最短的时间完成后面的采样工作？

安然黄河沿

　　黄河沿这个地方，属于玛多县玛查理镇，放眼望去，一马平川。它是玛多县连接共玉高速的道口和服务区所在地，这里还有一个黄河沿水文站，就在214国道跨过黄河旁边。

　　上一次来采样的时候，在地图上怎么都找不到黄河沿水文站究竟在哪里。因为地图上这一段的黄河有多条河道，而且分分合合，交叉缠绕，分不清哪是主河道，哪是分岔废弃的河段。抱着试一试的心态，我在地图上大概点了一个位置，然后打算到了这里再根据实际情况进行寻找。按照一般的经验，水文站都会在河边建一个小房子，然后还有一些监控设施。如果沿河设在公路边，那到了这附近应该是容易被发现的，但事实证明，我错了。黄河沿水文站只建了一座跨河钢架桥，设施设备安装在桥上，河边没有建观测房。驱车一晃而过，不仔细看根本就注意不到。所以我们找得相当辛苦。

　　这一次采样就容易多了，因为有了上次留下来的定位。

　　黄河沿水文站海拔4300米，是黄河干流最上游的一处河流型水文站。这一处选址条件，河流河段上是完全符合水文测站的建设要求的，水流平缓，河段顺直，交通便利。但这种桥测站低调，外行人完全看不出专业技术水平。嗯，它们本来就是建给专业技术人员看的，其他人看不懂，不好奇，对于测站的安全运行是有好处的。

严谨的采样工作需要一丝不苟。但对于乐于逗趣的人来说，工作的缝隙里总要去找点乐事，才不枉来这一趟。

依然记得第一次来这采样的时候，测站旁边的空地上修建的三江源国家公园地理标志还是崭新的。旁边回覆的土①和履带车开过的痕迹都是新鲜的。我是围着这个地理标志转了又转，总觉得在这开阔的地方建这么个标志，其身高还不够魁梧。这次再来，虽然已有半年，但这是整个冬天的半年，地面依然是裸土，只是原来的车辙已在时间的修复下不复存在了，剩下的是即将到来的春天，这里将重新长上草皮。而这地理标志，和一百米开外的高压线铁塔比起来，依然显得矮小。只不过这泛白的大理石与周围枯黄的景色形成了鲜明的对比。我干完自己的工作，站在国道上，吹着5℃的春风，感觉冷飕飕的。

目测了一下三江源国家公园地理标志的位置与我们在国道边停车的位置大概有20米，但它的基座地面比国道的路面要低两米左右。我知道从国道下去，只需要撒开腿就能一阵风一样地冲下去，但不知道从地理标志位置开始起跑，冲上国道是啥感觉。于是，我决定挑战一下自己的肺活量。

从视觉上评估，应该不会太难，因为这20米的距离，其中18米的路面都是平的，只有国道路基放坡那两米是

---

① 回覆的土：指工程建设过程中，因工程建设需要，先对地表的土层进行开挖，工程实施结束后又在原地将土填回去。

1∶0.75 的陡坡，前面助跑顺利的话，应该最多五六步就冲上去了。实践是检验真理的唯一标准。理论计算再完美，也比不上实做一次。我从国道上刺溜刺溜，就溜到了地理标志的前面，好像没啥感觉。为了不吓到正在车尾收拾残局的小伙伴儿，我向他们招呼了一声，说我要冲过来啦！吸气，屏气，抬腿，摆臂，冲啊！"呃……"我一脚踩到了松软的地面，整个重心下移，但身体却在起跑的惯性下向前栽了出去。还没等这只脚稳定，另外那只脚已迫不及待地甩出去了，于是我就像喝醉了一般，跟跟跄跄地向国道蹿了过去。这么一旋转，刚歪歪斜斜地蹿到路基跟前，就双腿发软，双脚陷进松软的砂石里，不想拔出来了。好吧，第一次冲锋以失败告终了。

话说回来，我从来不是一个特别容易放弃的人。尤其是这种不带太多技术含量的挑战，不杠上三五个来回，直接放弃多丢人。更何况，口号都喊出去了。我站在第一次的终点，吸了几口气，抬起脚又向地理标志走去。有了刚才的经验，这次一定成功。

"三，二，一！"我张口吸了一口气，憋着气就撒腿开跑。没跑两米远，我就感觉腿变沉了，放气，继续跑两步，鼻子的呼吸已经跟不上节奏。我张开嘴开始嘴鼻并用呼吸，迈着大象一样的粗腿，抓着要掉下去的帽子，向国道冲过去。冲呀！跑呀！冲到国道路基下缘的时候，爬坡第一步就感觉到阻力瞬增，好似那手动挡汽车的挡位一下从五挡掉到了一挡。我大口喘着气，两腿像灌铅一样，小碎步向上挪动。哎呀呀，这但凡还有一点儿是跑步的样子，任谁看了都会笑弯了腰。等我"哼哧哼哧"盘上了国道，藏族霍哥已经在马路上憋不住笑出了声。而我,脑袋"嗡嗡"的,心脏突突的,任我大口喘气,还是觉得肺里空空如也。

如此看来,在这海拔比较高的地方,随意玩闹,是要付出代价的。我抬起头,看了看不远处的黄河,目光一直游离到天际。天空依然布满厚厚的云层,黄河依然静悄悄地流淌着,而我,还在喘着粗气……

黄河沿水文站
2021 年 5 月 30 日摄于黄河沿水文站左岸

穿越羊地湖

羊地湖分属于玛沁县,是从玛多县花石峡镇经由205省道花上线去往达日县路上的一个湖泊。羊地湖所属的地貌区域叫羊地鞍玛,这一片的平均海拔在4200米左右,算是从花石峡到达日县路上的中心段。穿越这一段,既不在既定路线上,也没有提前做功课,纯属为了去羊地湖采样的时候,让采样点的分布更具合理性的同时,可以节约一点时间。

在地图上看,从花石峡出发,沿着依柴达木河而建的花上线,翻越玛积雪山垭口,再经过依云乡、当洛乡,就可以到达达日县城。这条路全程约400公里,相比于绕道玛沁,至少少走200公里路程。于是,5月30日这天,我们在花石峡欣赏完清澈见底的柴达木河后,在震区临时安置点的牛肉汤的幸福感中,下午5点多,就兴冲冲地决定走这条路去往达日。

从花石峡镇向南行进不到10分钟,就能看见花石峡的地那滩沟。这一段的山和花石峡峡谷那段又不太一样,山上的砂岩、石灰岩和花岗岩交相层叠,呈现出各种色彩搭配,而风化滚落到山前的堆砌物,远远望去细腻得就像太空沙。这些"太空沙",颜色分带明显,乳白色、赤红色,交相堆积。随着车轮的滚动,它们次第映入我的眼帘,山尖那些嶙峋的基岩兀自在它们身后的样子，还有远处映衬的那些若隐若现的雪盖，公路边依然结冰的小河，时而遇见的成群牛羊，我说不出来心里是一种什么样的滋味儿。在我看来，这些都是小冰期以来，气候极端变化以后，山体加速风化的印迹。也许，在这一轮气候变暖之前的岁月里，它们都是终年白雪皑皑，让人心生敬仰吧。

6月的重庆，已经进入了气温随机播放模式，和手机上的属地天气比对，默默地提醒着我，这一路，依然还在早春。二十几分钟后，在车上就能看到远处的玛积雪山了。玛积雪山是阿尼玛卿雪山的核心区。它们目前是黄河源最后的终年雪山了。伴随着车行速度，我所望见的山顶零星的积雪，既不厚重，也不纯白，有一种随时都可能消失的错觉。我默默地叹了一口气。

一小时的上坡路，海拔渐渐升到了4500米以上，到达玛积雪山垭口的时候，地图上显示海拔已是4677米，可离公路最近的山顶，就像一个杂粮芽菜包子，坦然地秃着头顶，一点雪迹也没有，脚底下稀稀拉拉地散布着开始发芽的嫩草。翻过这垭口，就算是告别柴达木河了。其实，在看见柴达木河的时候，我一直好奇这究竟是不是柴达木盆地。说起这个话题，我真的是十分愧疚。作为一个搞水资源的工程师，我的地理知识一点也不专业，对地形地貌的分布一点也不熟悉，唯一分得特别清楚的，就是这分水岭了。但关于盆地归属，那就有点含糊了。

果不其然，这玛积雪山垭口过了以后，惊喜便开始逐一揭开。

花上线告别柴达木河，翻过玛积雪山垭口，就开始沿着优尔曲向前推进。这一段行政区域上归属于清水乡，道路笔直，一眼望向天边，除了这随着地形起伏跌宕的公路，剩下的就是高山草原的地貌了。一开始的时候，藏族霍哥伴随着音乐，还得劲儿地踩着油门向前冲。可这路，每每抬头，除了看见路天无尽相接，就是道路两旁似睡非睡的高山草原。草原连着远处起伏的山脉，除了车过扬起的风尘，你全然感觉不到时间的流逝。满眼的似绿似黄，除了天边变幻的云彩在告诉你路途仍在前进，仪表盘上的里程在告诉你目的地就在前方，你几乎就要相信世间真有所谓的永恒。

　　从花石峡到羊地湖 110 公里，我们花了差不多 2 小时才到达。这一段海拔 4200 米左右，气温大约 4℃，典型的高山草原气候全然不报春夏。以至于我都怀疑这里究竟有没有春夏。可满目摇曳的蒿草，显然是它们顽强英勇地珍惜着短暂春日的战果。本以为这行进的速度已经挺慢了，按照这情况我们起码得傍晚 7 点才能到达目的地达日县。过于乐观的我们，全然不知道，就在不久后，我们即将面临灵魂拷打。

　　就这样摇摇晃晃地，伴随着零星的雪山，无尽的远方，道路由沥青路变成了整修的路基。这舒适指数的变化，大概就类似于你曾经在面对各种机遇时随意挑剔突然转变为陷入无休止的灾难，难以适应吧。所以，你再也无心去欣赏或者抱怨那无边无际的高山草原，你心里只有一个想法，那就是啥时候才能不要这样颠簸，多一点平静啊。看着仪表盘上的车速由 40 公里 / 小时变成了 20 公里 / 小时以下，我默默地坐在副驾驶，想象这无边无际的颠簸何时到头的时候，藏族霍哥突然一声长叹,说:"龙老师,这路能不能不开了!这是要把人弄疯掉嘛!颠得人脑袋都快开花了,两边无止无尽的草原,让人觉得就跟鬼打墙一样!"如梦初醒,醍醐灌顶!恍然间才发现,自羊地湖以后,已经接近两小时没有休息,一直颠簸在这条尚待完善的省道上了。我连忙招呼他靠边停车,休息一下。

我戴好帽子,下车绕着车转了一圈,再看了看表,此刻已经是下午6点一刻。除了高山草原,静静流淌的优尔曲,我们已经有接近三小时没有见过一头牛,遇见一辆车,碰过一个人了。难为这位天生的乐观派了。让他在如此安静、单一的环境里保持高度的精神集中,还没有任何的倾诉环境,实在是太苛刻了。好吧,好吧,一切的突发状况,对队长来说,必须

羊地湖的思考
2021年5月30日摄于205省道羊地鞍玛段

是可以完美解决的。不就是乐观派藏族霍哥心灵上承受不住高原孤寂的肆虐而想要放弃方向盘吗？这种问题，对于有十年驾龄的我，根本就不是问题。更何况，我一直想尝试在高原上开车，尤其是在这种渺无人烟的地方驾车。结果，可想而知。我立即将这位乐观的藏族霍哥调离司长岗位，给他安排了一个舒服的副驾陪护岗，且是否在岗，可百分之百随他高兴；与此同时，我立即任命自己上岗到这一向往已久的岗位上。生怕晚了一分钟，同行的小伙伴们就会改变主意，罢免我的决定。

　　没有对比，就没有结论。相比于副驾驶的紧张、干着急、徒彷徨，这司长的位置可就专一多了。紧握方向盘那是最基本的职业操守了，然后剩下的，就是如何根据眼前这调皮的蹦跶路面设计最佳的方向盘控制法，达到减缓波动，稳定速度，缓和心理疲劳的最佳效果。于是，我制定了一系列的策略，比如停车呼吸高原黄昏的空气，感受空气中的尘埃；摆几个有趣的造型，让几乎凝固的空气看上去重新流动；点燃发动机减缓行进速度最大限度地减少因为地形起伏带来的颠簸；全方位开启左家湾号叫派随机播放模式，从心田开启留声机，用九弯十八拐的走调轻喜剧缓解同行队友内心的狂躁，让他们逐渐恢复平静，重拾往日的欢乐情绪。在海拔 4200 米的地方，能够全程毫无保留地持续开启左家湾喇叭模式，我想，除了本人，应该也是前无古人后无来者了吧。

　　就这样，我们在这条颠簸的机耕道上，翻过一个又一个的垭口，坚持到晚上 8 点多的时候，在当洛乡和当项乡的交界处终于又重新踏上了崭新的草油路面，直奔达日县城，直到晚上 10 点。

尬桥唐乃亥

唐乃亥这个位置，海拔高度降到了 3000 米以下，空气中充满了氧分子，是黄河源区的出口控制断面。黄河过了这里，就不算源区范围了。在水文学意义上，唐乃亥这里的水文站，是整个黄河源区的关键性控制站。对于我们的工作而言，这是必来之地。

在这里采样，挺难的。

从地形地貌上看，这一段已经过渡到黄土区域，河岸多以黄土夹杂砾石组成，岸壁陡峭。在河流的长期冲刷下切作用下，现状主河床深切①，与两岸台地形成较大的落差，随处望过去，都有一种随时可能崩塌的危险。一般人员也就难以直接到达水面了。所以上一次来这里采水样的时候，多亏杨师傅有老道的上坡下坎的经验，不过也还是费了老劲才搞好。这一次出发前，我有特意嘱咐他们多带两条绳子，以便从钢索桥上取水。

可是，我们好像低估了这种视觉落差带来的误差。在准

---

① 现状主河床深切：地质地貌专用名词。指的是在水流的长期冲刷作用下，河槽河床产生向下切割，导致河槽河床相对于两岸地形地貌显著低洼。

备绳子的时候，我们想着带上20米肯定是够了。当我们把绳子绑在采样器上，在桥中央河中心把采样器放下去的时候，绳子放完了，采样器还在河面上悬荡着，离水面还老远。藏族霍哥甚至还不吝把自己的胳膊伸得老长老长，可依然无济于事。我在桥上东看西望，实在没有什么办法可以延长这绳子了。正准备放弃的时候，一阵风刮来，夹杂着牛粪的味道，瞬间带给我一个解决的办法。

我跟藏族霍哥说："我们去找附近的农户借点放牛绳吧，他们肯定有，而且长度肯定够。"顺便指了指桥附近坡上的农家。他说有狗，不去。我果断地跟他说："那我走前面，你走后面，我跟狗一伙儿的，肯定安全。"藏族霍哥拗不过我，只好硬着头皮和我一起去。用他的话说，外出工作，必须保护好龙老师。这是他的职责之一。嗯，真是尽职尽责的好司长！

说着我俩就准备去坡上的农户家借绳索，留下小龚同学把那些采样瓶的准备工作做好。说我和藏族霍哥投缘，绝对不是吹的。在商量走哪条路去农户家的时候，我俩都不想沿着大路绕一大圈去农户家借绳子，一是绕太远心里没底，二是有条近道就在眼前，为何不就近呢？于是，我们准备抄近道，从坡脚直接沿着台地垂直向上爬，然后从农户家的屋角处接上他们家的道路，再去敲门借物。

藏族霍哥虽然长得瘦高个儿，但是爬坡上坎还真是一个好把式。我们钻过路边的栅栏之后，他三下五除二就跳到了正路上，扔下我还在坡脚三分之一的地方，"哼哧哼哧"地向上爬。不过，快也不一定是好事。农户家的狗开始咆哮，蹦着要扑出来地咆哮。男主人从房子里出来，看见一上一下的我俩，一脸蒙地不知所以。在招呼了出声响的家犬以后,藏族霍哥一口青海话跟男主人道清了原委。这位大哥也是干脆,转身就去家里取了一大圈牵牛绳递给霍哥。嘿,有老乡同行,出门办事就是方便,分分钟就把问题解决了。藏族霍哥拿着牵牛绳又刺溜地下来了,而我才刚到屋角下的一个树桩处歇气,又得掉头下行。我也顾不得喘不过气了,拔腿就往下溜,那感觉就真的是,下山容易,上山难。

  在牵牛绳的帮助下,我们顺利地采好了样品,趁着黄昏将至,只留给这座铁索桥一溜烟的背影。

黄河唐乃亥吊桥
2021 年 5 月 31 日摄于唐乃亥

查杰玛大殿奇遇记

从来没有想过，走上期盼已久的专业讲坛是以这样的方式。

受援藏类乌齐工作队成员、我的同门师弟盛情邀请，有幸去大美天堂做了一次"渝类讲坛"公益活动。原本不在行程计划里面的查杰玛大殿参观活动，也因为讲座时间调整而挪出了参观机会。这场偶然的相遇，冥冥中注定。

其实以前，对查杰玛大殿印象不是很深。停留在只曾听说，如果你要瞻仰和沐浴藏文化，需得"先看大昭寺，而后再看查杰玛"。

在师弟关照下，我不仅有幸认识了类乌齐镇的镇长和查杰玛大殿寺管会的三位经验丰富的喇嘛工作人员，还受到了查杰玛大殿的最高讲解礼遇——由三位共同管钥匙的喇嘛一起陪同参观三殿。怀着至尊至诚的态度，我虚心认识和学习了这一处藏传佛教白教达垅噶举派的著名寺院。

刚下车，我就站在了大殿前面广场的左斜角东张西望。此刻，右边是一座名为神山的大山，而金灿灿的阳光正热烈地照耀着朱红色的大殿，显得巍峨雄伟。我的内心不禁肃然起敬。

远望去，查杰玛大殿造型独特，华丽宏伟又不失庄严。整个主体建筑高达 30 米，有三层。外墙分别由三种颜色绘饰：第一层为"条花殿"，墙高 13.5 米，用红、白、黑三种颜色涂抹竖形纹饰，每道竖条有 1 米多宽，每面墙各 35 条，富有装饰感。其中白色意为观音菩萨，代表慈悲；红色意为文殊菩萨，代表智慧；而黑色则是金刚菩萨，代表力量。殿内有巨型全木大柱 64 根，柱高 15 米，其中有 4 根是直通三层的通天柱。第二层为"红殿"，外墙涂抹红色，楼高 9 米。第三层为"白殿"，墙体抹白色，楼高 5 米，沉稳神秘。殿顶有高耸的金顶，玲珑升腾。查杰玛大殿外观呈正方形，面积 2856 平方米（长 56 米，宽 51 米），沉稳庄严，给人以神圣感。

　　大殿最接近地面的位置，就如所有的塔、寺一样，是一整圈的转经筒。这是我第一次，这么近距离地接近这些转经筒，它们已经因为信众的虔诚和诉说而演变得颇具沧桑，沉淀了无数的心愿与祈祷。而就在我到来的这一天，因为这里即将举行一场活动，前来转经许愿的信众围绕着经筒，熙熙攘攘，络绎不绝。就在我想定睛认真看看他们的表情，想要识别他们的情绪时，一个小卓玛领着她的弟弟，跳入我的眼帘。小卓玛忽闪着明眸大眼，用不太熟悉的普通话跟我打招呼。第一句蹦出来的就是："阿姨，你从哪里来？"习惯了一个人孤独地享受异域文化的我，被这突来的搭讪惊艳了。一个小小的卓玛，应该最多 5 岁吧？领着她那估计不到 4 岁的弟弟，居然在茫茫人群中跟陌生的我搭讪。我既惊讶，又开心。看见他们，尤其是小扎西，害羞又好奇的双眸，让我想起了我那可爱的"神兽"。所以我也就笑嘻嘻地告诉他们，我从重庆来。他们摇头表示不知道重庆在哪里。然后要求我从手机上给他们看看重庆在哪里。既然这么好奇，那就愉快答应吧。我打开地图，把我们脚下的查杰玛大殿位置指给他们看,再把重庆的位置指给他们看。小卓玛反复要求把地图放大缩小,缩小放大,好奇了几个来回。然后她沉思片刻又冒出一句:"这么远,你怎么来的?"我说坐飞机来的。小卓玛立即否定:"我们这附近飞机到不了。"逗得我好开心,指着我师弟告诉她:"我是先坐飞机,然后由我的朋友开车把我送过来的。"这家伙,真的就跟十万个为什么一样,脑袋瓜"咕噜噜"转个不停。在我以为她还在思考飞机的时候,小卓玛马上就蹦出下一个问题:"你为什么要来这里?"我说:"因为工作来的,顺便来参观一下你们的寺庙。但是我不太懂这些寺庙的符号所象征的意义与文化,所以请了朋友帮我讲一讲。"这小家伙听说我不懂,一下就开心起来,两眼闪着激动,拉着我就要给我当导游。我有一点小尴尬。就在我们聊得火热的时候,镇长朋友和管钥匙的喇嘛一直在大殿大门口等着,看着他们等待的目光,我瞬间觉得这种决定好难呀!要想了解这里为人知和不为人知的知识和故事,还得靠镇长朋友们。但要想了解孩童眼里的大殿,那必是一次特别的经历。无奈之际,慌忙让师弟为我们合影留念以岔开小卓玛的热情,并缓解一下我的纠结与尴尬。

  待我随着朋友们进得大殿的时候,两个小家伙也跟着溜进来。小卓玛依然十分热情地拉着我的衣服要给我介绍。一跨进查杰玛大殿的正大门,首先映入眼帘的就是垂着挂在门口两边柱子上的哈达。光是这层层叠叠的哈达,就让人感觉到一种庄严的敬畏。小卓玛摇了摇我的衣服,手指着柱子的上面,让我看头顶。我抬头一看,一尊怒目白色头像悬于一楼大殿顶部倚着垂挂哈达的柱子,颇有一种怒斥世间万千邪恶,洗去内心千万浮尘的震撼。我还没有来得及再与之深入交流这洞穿世俗的眼神，就被小卓玛拽到了千手观音面前。她利落干脆地拉着我，指着佛像让我看："看，她有很多眼睛！每一只手上都有！她能看遍世间。"我又一次惊讶于她能说出这样的话。介于我们站的位置和佛像之间，有很多喇嘛正在做功课，整齐划一地念着经书。但我能从空气中感受到，在我好奇地用余光打量他们的时候，他们也在一边用眼角好奇地打量我。我好奇他们对着那些经书，究竟念的啥。他们想必好奇的是，"在观音面前的这一组，一介汉族女人，怎么有两个藏族小孩子在给她介绍佛像"。

这一刻，我不敢想太多。因为需要在好奇优待和盛情款待之间做选择，我太难了。我的心，就要被这小卓玛拐跑了。于是，在分开之前，我认真地问了小卓玛的名字，很意外的是，她先告诉我弟弟叫扎西央嘉，她叫什么翠萍。噢！上天啊，我问了四遍也没听懂前面两个字。太尴尬了。最终，我们以父母找不到他们会担心为由，让他们停留在大厅，不要远走。而我则低头匆匆跨入大殿的第二道卡口，而他们则未被允许进入。

我似乎看见民众进入第二道卡口需要额外赞助。所以，绝大多数的信众，膜拜止步于第一卡口。进得第二道卡口以后，我们穿过正在诵经的喇嘛集中区域。我用余光感受到无数的目光。他们可能好奇，是什么样的来人，惹得几位"导游"同时上场陪同，而且还是一位女性，看起来亦步亦趋小心翼翼的女性。大殿香烟缭绕，一片朱红色的喇嘛，跟着喇叭里的节奏诵读着烂熟于心的经文。

一楼大殿，是所有游客都可以公开参观、拍照、合影的开放场所。即便如此，我忍了又忍，直到喇嘛们念完这一段经书，换上黄色披风，戴上帽顶到外面转走，经堂人影空空之时，我才斗胆要求留影一张。这些佛像，无论是20世纪80年代重建新塑，还是700多年前初建的，它们展出的历史价值，不是用数字可以衡量的，都是无价的。尤其是那8个700多年前的合金佛像，手工锻压铸造，流线婉转，棱角分明，精妙传神，不得不让人感叹。我把头凑到离佛像很近的距离，想看看在它们的身体上留下了怎么样的岁月痕迹，可我什么也没有看出来。除了知道它们已经700余岁，经历了各种磨难。它们还能有幸留于此处，应该也是一件功德吧。

　　一楼大殿的各式佛像，只是大殿的一层外衣，真正的内涵是深藏于佛像肚子里、脖子里和脑袋里的藏品。而这些，并不是一般游客所能得知的。殿内的64根全木圆柱，需得二人合抱，也是震撼人心的。相比于精美佛像所折射出来的易于被人关注的吸引力，大殿里的这些柱子，则要深沉和低调许多。没有专业背景知识，凭我自身浅显所知，我是想象不出这些柱子是怎么样从生长之地，跋山涉水以后，屹立于此，默默撑起这宏伟大殿的。就在我臆想究竟是水运还是陆运而至的时候，有人悄悄告诉我，20世纪80年代重建的时候，有些柱子是由拖拉机组队运来的。听到这，我不禁石化3秒。要知道，这个查杰玛大殿的位置，虽然是曾经类乌齐的老县城旧址，但方圆几十里，并没有盛产这样木材的林场。要把木材运至此处，需要经历许多的七弯八拐。有的时候，弯距之小，根本容不下这庞然大木折身前进。克服这些运输苦难所需的道理，放在现在的运输科学和力学研究学者手里，怕是又要建模发表一堆研究论文与专著吧？！嗯，敬仰已经不够，还得加注折服！

从一楼大殿绕一圈出来，本以为如此让人敬仰盛赞的参观应该就结束了。因为二楼以上，得要三把钥匙的管事都在，方有机会幸临。殊不知，在我参观结束，他们都在通往二楼方向的门口等我。很明显，今天很幸运！三把钥匙都在，芝麻已对我开门！原来我们临幸于此处，正值"仲确节"前期筹备阶段，三位管家恰好都在。荣幸之至。

迈入去二楼的通道，映入眼帘的，全然不是一楼大殿里面那些花花绿绿的唐卡，而是徒壁四空的泥沙石土墙，辅以上楼的，是倾斜50度的木制楼梯。楼梯由两部分组成，第一阶的各台阶之间的高度差大一些，第二阶的整体长度短一些，但陡度一样。楼梯的扶手，也因为经年累月的摩擦，已经养得有了灵性，泛出玉石般温润的光泽。这一刻，突然想起我亲爱的大毛。曾经带他参观游学的时候，不止一次，他总是乐此不疲地疏忽别人关注的要点，对自己发现别人看不到的细节乐在其中……在此处顺便提一些让他额娘自我懊恼不已的问题。而今，他的额娘不也干着同样的事情吗？试问一行数人，有几人会对这扶上扶下的扶手感到惊异？恐怕除了我，寥寥无几吧？

二楼虽然几十位神像屈尊修行于此，实际上多数都是莲花生。用小孩子的话来讲，这是莲花生一生经历里不同的意向形态，逐一记录并坐落于此。有的莲花生，一身正气，不近人情；有的洞悉世事，不愠自怒；有的慈眉善目，温情相向。独一座，明察秋毫，三目并眸。原来，莲花生的前世，也并非无情无义，永怀严肃，也会有四思五想，情绪起落。但终归大智若愚，修得正果，普度众生。

　　需再提及的，便是墙角那一堆修复困难、弃之可惜的各色经书了。因为历史价值较低，损坏程度较高，修复需要大量的人力物力，由于各种原因，仍然处于等待状态。除了摆在这一堆经书顶部，露出来的几片杂乱的经文以外，多数都是被杂乱地装在被废物利用的蛇皮口袋里，随意散乱地堆着。期望有一天，能被有缘之手修复回归。这真是一场无法申辩的久无天日的等待。但生活不就是这样吗？或许，转机就在下一刻呢？

　　就在我感恩自己的命运，准备收脚而下，迤逦退去之时。抬头一看，发现他们一干人等都在通往三楼的门口，耐心等待好奇而掉队的我。幸好我不用戴眼镜，不然那一刻，我的眼镜一定会掉地上。同时，我赶紧摸了摸我塞在帽子里的墨镜，还好，还好，它还在。

　　三楼的上行楼梯和二楼一样，也是两部分。但是坡度更陡，几乎接近70度。如果说，从一楼上到二楼完全是为了满足对大殿展示佛像升华的崇拜，那么三楼则完全是供内行膜拜而让外行瞠目结舌的人间珍宝。简单讲，随便一尊三楼的玩意儿，就是价值连城。这一壁收藏里，有不少的佛像，都是全国唯一。不过，从价值的角度来讲，价值连城的事实并没有对我产生多少吸引力，我真正好奇的是几百年上千年前的他们，是如何敛聚了如此数量级的真金或高品质合金，然后又在何等条件之下，依靠何种技术铸就了这样栩栩如生的金属成品。作为普通人，感慨的该是其不菲价值，精湛技术吧。我不觉之间又想多了。恍惚之间，负责解说这一层的寺管会大哥用大手电对准最下面一层的一小件马鞍说，那是900年前格萨尔王戎马悲殁时，他坐骑上的九龙马鞍配置。仔细看去，不大的马鞍上，有精美雕刻的龙的图腾，说的九条，但距离太远我数不出来。然后他还详细地指点了马鞍上的配件，哪些是天产之物，哪里是鳄鱼皮，为何是查杰玛大殿最有影响力的保护文物。哎，实在是本人愚钝，没有能够一一记住。那些物件，虽然只是堆在那，但那种闪光与历久弥坚的气质，丝毫没有逊色，依然光芒万丈。我不敢去逐一寻觅每一位在场的人的表情与内心的情感，我只是抬头看了看随同的喇嘛扎西。他有一种自然散发出来的气质，随和、谦逊，又带着一种特有的腼腆，让人觉得很温暖。所以我特意别过头去偷偷看了看他。结果，我看见他有一丝的尴尬。我单刀直入地问他："你作为三把钥匙之一，这些故事你可以讲出来吗？"他含羞又谦逊地一笑，说自己汉语还要进一步学习。我知道，他跟我们一样，讲课的人所述说的故事，他都努力听了。我也相信，他以后一定会成为一位优秀的讲述者与传承者。

　　满壁的文物珍藏与其富含的各种故事，让人内心澎湃。每一个时代，每一件事，都有它特定的背景和因缘。而这一间屋子里，关起来的并不是沉睡的故事，更多的则是一种让凡人远离嗔痴，保持祥和的力量。总有那么一些人，会抑制不住地跨过"横线"。正如我离开类乌齐时的出租车司机所言，前几天有一位"神手"，把查杰玛大殿的一颗天珠顺走了，当时核定价值500万。在尚未破案之时，此人迫于内心不安，良心发现，又主动把天珠还了回去。

　　除了这些故事，悬挂于这处室内的唐卡，更是让人崇敬。即便久经风霜，但一点也不影响它们自身所散发出来的魅力。

根据讲课喇嘛的故事,细细品来,其中的故事情节让人唏嘘不已。它所传承的与人为善的精神,值得所有人戒除一切恶恨,一心向善。

能有这样珍贵的机会,如此详尽地参观和领悟查杰玛大殿,那也应该是我的善缘所至。正所谓富贵在天,善恶有报吧。如果不是我愿意来参加这次公益活动,也就没有这样高规格的遇见和参观学习机会了。所以,我应该更努力地工作,散发更多的光和热,方能够匹配这些善良的人。

就让这样的奇遇多一些吧!

查杰玛大殿
2021 年 6 月 18 日摄于类乌齐县类乌齐镇

第三章　深度窥探

（2021.08.30—09.11）

绣线菊
2021 年 9 月 6 日摄于红原县查干塘

三顾西宁

这是继课题开展以来,第三次到西宁。每一次都是为采样工作而来的,但每一次的收获都是不一样的。有一颗沉睡很久的种子,慢慢地,就要发芽。

第一次是带着迷惑,懵懵懂懂地揣摩着课题组的意图,本着节约时间节约经费的小家子气来的,加之同行队友不给力,对高原的情况不熟悉,采样工作干得战战兢兢,如履薄冰。最后小范围采了一圈,回去了。第一次经历了高海拔区域工作,见到了梦寐以求的可可西里、巍巍昆仑、无边草原,见识了高原的天高云淡、炫彩落日。工作之外最大的收获是发现青稞酒,也挺招人喜欢。

第二次,是带着不甘的情绪,一个人,咬牙执意而来的。因为团队工作任务繁重,大家都太忙,加之疫情下单位对外出的管理要求复杂,其他人基本上都安排不出时间同行。本着要为项目负责的态度,还是一个人诚惶诚恐、小心翼翼地带着期望来了。因伙伴儿的不同,经历就比第一次丰富多了。有新任"司长"的热情所带来的温暖,有未曾预料到的地震现场,有天气瞬变的多愁善感,有偶得奇石的意外惊喜,有严苛自己老去的无奈,还有在无人区道路颠簸的坎坷……言而总之,真是计划赶不上变化，在完成工作的同时，还能收获不少的意外之喜。最大的收获是，这一轮下来，自己的内心变得无比强大，独立干工作的能力又上了一个层次，完全超越了女汉子。

第三次，受疫情影响而心生懒惰，被老师得知后，骂得狗血喷头。于是，带着对自己不够上进的后悔，还有一种势必达成的坚定，我又出发了。出发之前，总结经验教训，脑袋里画满了期望的星星，暗自告诫自己这一次要一步一步地实锤。实际上内心还是有那么一些惶恐，因为我是负重而来，有目标。但是，也还是坚定的，因为我必须这样做。不需要人理解，只要有支持就好，何况"小巨人"时常是我的榜样。这条路的前面有一个声音在不停呼唤我砥砺前进。这一次，无论会添加哪些经历与认知，我已经在追寻这个声音的路上，不会回头，无悔选择。

带着期待，收拾好行囊，出发！

狂奔 800 公里

计划启程开展课题的最后一次全覆盖采样。为了让样本数据覆盖性更好，这一次，铁了心要克服一切困难，走完全部计划的点位，同时根据路程状况酌情加采。根据点位分布情况，本着路线优化的原则，我和检测公司商量以后，拟定第一站是治多县的索加乡。看了地图，计划早上从西宁出发，到玉树修整，然后第二天才能到索加乡。

犹记得第一次计划从西宁到玉树的时候，负责外业的杨师傅，对我们的身体状况各种担心，感觉我们就像是纸老虎一样，不停地强调：一旦上到 3000 米以上的海拔就会非常危险。但是，他过于焦虑了，只要准备充分，这些小的困难都是可以把握的。只是非常遗憾的是，受时间和行程安排的不完善，第一次并没有能够到达玉树。

第二次采样的时候，吸取经验教训，行程相对较为完善，按照计划准时出发，在天刚黑的时候顺利到达玉树。一路上，同行的驾驶员藏族霍哥比较健谈，天南海北地一路瞎聊，倒也觉得时间尚快，行程并不是那么无聊。在玉树城里，几乎感受不到第一次来时他人形容的那种"恐惧"。

第三次出发，也就是今天，因为采样仪器有调整，要在现场加测几个实时参数，调整好仪器设备再出发的时候就有点晚了。

　　这次同行，考虑到工作量比前面两次有调整，检测公司把他们最稳重的司长王师傅和采样员小龚同学派上与我们同行。据说，王师傅是检测公司出名的拼命三郎。我见到他，和他打招呼——他中等个头，说话不紧不慢，一口河南口音，我就想那敢情是一个能吃苦的家伙。果不其然，一出西宁，到兴海县开始爬坡的时候，王师傅就不断地抱怨我们的丰田车马力不行，加速太慢，超车太难。但是相比于皮卡车，基

2021 年 8 月 31 日摄于西景线国道

于安全，我宁愿慢一点。我喜欢丰田车在高原上那种憋着气努力的样子，所以这车是我特意指定预约的。每次他开始抱怨和着急的时候，我就给他做思想工作，给他解释这辆车有哪些优势和不足，告诉他上次我开车时候的一些小技巧，缓解他内心的焦急。

  这位王师傅真是太敬业了，一路上都是闷头前行，不吃不喝不停的。一出西宁，一脚油门就杀过了共和县。因为上午我一直忙着处理一些工作上的事情，除了安慰他用车事项以外，忘记看时间，等肚子咕咕叫的时候，才发现已到饭点，而下一个服务区还要一小时车程。当时我就在纳闷，这家伙怎么到了饭点也不说吃饭，也没见进服务区，一直都是特专注地开车。后来晚上和小龚同学一起去买第二天中午的食物的时候，才听说这家伙属骆驼，在公司是超级敬业型的员工，外出采样经常都是早上吃饱出门，可以撑到晚上收工再吃饭。我的神啊！

  中午在花石峡镇上吃完饭，快2点了，上车出发以后，王师傅依然是一脸专注，一言不发。然后我担心午后开会会打瞌睡，就没事跟他找话，但往往是两句之内就聊死。接着就是沉默，实在没办法，我就开始自己捣鼓单反相机，可惜开车的太专心，对一路风景完全无视，我的手再快，也快不过他的车轮和方向盘，于是我一路下来拍了好多模糊的历史一刻。4点，我问他要休息一下不，被他否决了。然后我看了看没信号的手机，闭着眼睛睡了一觉。5点半的时候，我又问他，是不是休息一下或者我替他开一段，王师傅依然说没问题，继续走。6点，憋不住了，强烈要求在查龙穹那上了个厕所，但是之后他都在车上没下来，也没抽烟。过了玛多县以后，一路上又是太阳又是雨，王师傅稳稳地走在京藏线上，但是我明显感觉到他有点着急，他还是一言不发。因为按照限速和路况，我们到玉树差不多得晚上9点。

果然，我们在晚上9点到达玉树。

一整天800公里的行程，除了工作上打电话，吃饭点餐，剩下的话没说到十句。小龚同学是一如既往地在车后排静静的，不发出一点声响，王师傅一路持着焦急的心却稳当地开着车，他们俩的完美静默，是对我这种话痨的严厉惩罚。还有一路上无视所有的风景，马不停蹄，除了午饭，剩下的时间就是一直开车。真的是几乎要憋死我了。接下来的时间里，一定要想办法，让这位严肃的王师傅多说几句话。另外，按照今天的体验，我决定悄悄称王师傅为"骆驼王"。

寻觅索加乡

昨夜到达目的地治多县城已是9点半了，正遇上这里雷雨交加。治多县是玉树的偏远县城之一。黑咕隆咚的晚上，奔波一天早已又累又饿，却遇上县城停电，囫囵吞完晚饭，才去找住处。宾馆的招牌没灯，导航告诉我们已到达目的地的时候，我们只知道自己在河边的马路上，周围浓雾四起，根本就看不出来马路另外一侧就是住处。然后转呀转，转了好几圈才找到停车场入口。待一切收拾妥当消停下来，已经是夜里11点了。早上第一缕阳光照进房间的时候，还没来得及好好欣赏一下穿城而过的聂洽曲河，就开启了今天新的征程。

草油路和缺失的手机信号

位于治多县城西北方向的索加乡是今天采样工作的重要节点位置。至于具体的目的地坐标，似乎只能在到达索加乡以后才能决定了。按照河流分布情况，我们是从治多县城的聂洽曲河下游出发，途经聂洽曲河支流途荣泡河、将饮涌支流相普扎尕涌、崩曲河右支、崩曲河才能到达扎河乡。而扎河乡再向前，地图上已经找不到河流名称，只剩下一条若隐若现的路通往索加乡。由此看来，扎河乡是去往索加乡的必经之路。现在走的这条省道还在建设中，从治多县到扎河乡刚刚才铺好草油路，连道路边线都还没有完全画好，所以路况还很不错。唯一遗憾的还是手机没信号，我使用的地图对沿途的地名难以及时更新了解，不知道自己在哪个乡哪个村哪条河，可以确定的就是目的地尚在前方。

出了扎河乡，百度地图就完全掉线了，没有多久，高德地图也闭上了嘴。唯一剩下的，就是奥维地图上的羊肠小道。可在我们眼前，这已经是新修的草油马路，地图没更新也好过没地图可用，哈哈。为保险起见，我反复确认这条路线，从方向上判断，这是去索加乡唯一的道路。即便如此，这刚铺的路面，连中心分道线都没画，沿着这条路行驶了快半小时也没见一块指路牌，我们三个人心里还是没底。不过，路既然在眼前，那就继续前行，总会柳暗花明的。

过了口前曲河以后，舒坦的草油道路就变成找平后尚未硬化的路面，但也还算比较平坦，颠簸度在尚可的范围。我估计应该是道路找平完工时间没多久，还没有被暴雨或者暴雪之类的不利天气洗礼过。让人疑惑的是，这偏僻的通行道路，路基至少是按照单向三车道设计的，甚至有的地方规模像高速公路一样。何解？不解！最后，我们各自冥想以后一致认为，这肯定是具有历史前瞻性的一条胜利大道，行驶在上面心安理得就好。唯一让人忐忑的是，我们处于失联状态好像挺久了。手机一直没有信号，也没有经过什么乡镇，总也看不到指路牌，全靠奥维地图大致指示着方向。从内心上讲，我们摸不着头脑，找不到康庄大道，即便前进，总感觉有点儿尴尬的味道。尽管如此，我们依然乘着秋阳，硬着头皮砥砺前进。当我们驶到牙曲河流域的时候，道路条件又差了一些，沿途施工单位还在铺倒数第二层路基，颠簸指数已经上升到间歇性头顶震荡。放眼望去，四面八方除了无边的高山草原，就是道路及其两旁的施工现场。地图上除了看见指示位置的圆点离索加乡越来越近，道路指示仍然一片空白。

崩曲河一驿

  对我而言，一路上最要关注的，除了哪条河流到了哪个沟，还要不断地根据地图信息和现场情况，修正采样点位。因为出发前在地图上标注的计划采样的湖泊，可能会在我们到达的时候已经干涸或根本就不复存在，也就无法开展采样工作。在这样的寻觅中采样，颇有一种侦探的体验感。终于，我们在崩曲河右支的路途上，遇见不少的小水塘，大大小小地布在草原上，像无数的眼睛。可惜这些水塘都非常小，无论是面积还是水深，根本算不上湖泊，顶多是雨后的水洼。不过，功夫不负有心人，总算也觅得一处临河小小湖泊，面积约有篮球场大小，水深在 0.15—0.5 米，清澈透明，水底的水草懒散地瘫在那里，似乎在等待正午的阳光呼唤它们醒来。

  崩曲河右支这一片区域，海拔高度在 4620 米左右。下车以后，我感觉自己的呼吸不是那么顺畅，胸口随时都像挂着一块毛豆腐，走起路来，胸口有明显的负重感，呼吸速度缓慢，肢体行动节奏跟不上思维。为了安全起见，我不停地提醒自己："我已经 80 岁了，不能用 20 岁的要求来虐待自己了。做事情一定要仔细，动作一定不要考虑效率问题。"就这样，一路喘着，一路干活。所幸这次同行的骆驼王师傅体能很好，在哪儿都跟没事儿人一样，那表现一度让我怀疑他就是土生土长的高原人。采样工作的全部体力活儿就由他们两位包了，我只需要做记录、拍照和做决策工作。即使这样，我走路总是速度最慢的那个，每次干活儿都是我出发最早，收工最晚，喘气喘得最凶。尽管我的表现有那么点儿尴尬，不过工作进展还好，基本上比较顺利。

每当他们将水样按部就班装到采样瓶里的时候，我能得一点空隙，望一望这无边草原。真的是内心一直所向往的那种一望无垠，没有电线杆，没有房子，没有分界网，没有黑压压的牛羊的草原。有的只是呼呼的秋风，汨汨而去的崩曲河，以及生长末期仍然傲立在那里的地表植被。秋色已经全然而至，土黄中开始夹杂着阳光染下的金色。那种美丽，投射出一种坚毅的孤独。崩曲河蜿蜒曲折，若隐若现地盘绕着草原，奔着自己的目的地不曾停歇。这里的草原，一脚踩下去，生硬果断，就像是踩断它们的生命，发出"嘎吱"的啜泣声，声音刺得人忍不住心疼。它们是付出了多少的努力，才能在这短短两个月的生长期里不懈向上，拥有了这样一个短暂的夏天，只有它们自己知道。我是不愿去如此践踏这三江源上的卫护士的，但是不得已由于工作需要，还是只能借道而过。我尽量避开柔弱的小花、小刺，选择那些"伏地魔"，轻轻地侧身而过。

我的内心是柔软的，配上这孤独却不寂寞的草原，让我觉得我的工作是值得的，甚至有那么一些的傲娇。

这边还在与奋力成长的小花小草惺惺相惜，那边的方向盘已经远离牙曲河，一路驰骋而去。我们翻过一座又一座山，跨过一片又一片草原，地图上可能是湖泊的点，一个个远去，直到颠簸至君曲河附近，地图上的那片湖才终于对上号。在这些地方行进，没有信号的好处是，我的手机特别安静，可以全神贯注地欣赏一路的风景，对号预定采样位置；坏处就是我所使用的地图更新不到18级，遇见的这些地方都叫不出大名，命名颇为麻烦。不过，这点小瑕疵，对于语言丰富、想象力十足的我而言，岂会一直难住我？君曲湖泊一串四个，找不到名字，那就一溜按照采样顺序依次编号，附上海拔高度，简单明了，还让采样工作跨上新高度。聪明如我！

  不过，还没为自己的聪明高兴超过一分钟，"啪啪啪"，不见雨滴却闻噪音转瞬即至。我的头上、后背上被什么东西密密砸了过来。定睛一看，我禁不得倒吸一口气，直接蹦跳着开喊大狗子。高原的天，果然是前一秒还见着天空中的阳光，后一秒，比黄豆还大的冰雹就密密地来了，噼里啪啦地跳得满地都是。黄豆大小的打在手背上，生疼；鹌鹑蛋大小的敲到脑袋上。所幸这次准备充分，有无敌战袍，防风防雨防冰雹。所以，任由这些冰雹肆虐，丝毫阻挡不了我前进的步伐。在雨中，在冰雹里，我们完成了君曲四个湖泊的采样工作。

终达索加乡

  接下来的最后一站，是今天最远的目的地——索加乡的湖泊。这几个湖泊坐落在洛德玛冒茸曲，几乎是长江源区心脏的位置。尽管之前反复确认这个湖泊是肯定存在的，但这两天遭遇的事实还是让人信心不足。无论如何，求实如我，我们前进的步伐是不会停下来的！接近下午 5 点的时候，到了索加乡的乡上的时候，我们继续翻山越岭，颠簸着滚动在这一条神秘马路上。直到翻过最后的山岭，视野"嗖"的一下就开阔起来，一大片明镜似的湖泊忽然映入眼帘，在阳光下熠熠生辉，我忍不住兴奋起来。就像寻觅很久的宝藏，竟然在即将放弃的时候，灵光突现，归属于我。我迫不及待举起相机想要拍几张照片，可这碎石路颠簸得厉害，根本就无从下手。

这远在天边，近在眼前的洛德玛冒茸曲湖泊群，也着实给我们出了难题。虽然站在山岭上看着它们就在脚下，可沿着公路走到最近前处，才发现它们的岸边离公路其实还挺远的。我立即在地图上丈量了一下，最近的直线距离是 700 米。要在平常，风驰电掣地走起来，也就是那么一小会儿的事。这放在海拔 4500 米的地方，那就只能靠拉玛泽呼吸法来完成了。我盘算了一下，走路去采样的往返距离是 1.4 公里。头上的云还不一定会配合，谁知道会不会来捣乱。对工作的高度认真让我做了果断的决定。我戴好口罩，罩上帽子，紧了紧衣服，扛着我的记录设备——相机、手机和记录本，同行小伙伴们扛着仪器和采样瓶，踏着松软的地皮，深一脚浅一脚地向着长江源区的心脏走去。我默默地祈祷着，我们只是轻轻地去舀一瓢，不要下雨，不要冰雹，不要妖风。阿门。

虽然这样来回走一趟气喘吁吁，但工作还算顺利。回到停车的地方，看看时间，已经 6 点一刻了。想到刚才经过索加乡的时候，既无手机信号，也无营业餐馆，除了屈指可数的几栋房子，剩下的就是施工单位的板房。这种情况，要想在这住宿，怕是都只能借宿。对于有洁癖的我来说，想到靠干粮过了一天，晚上在这里打尖，心里开始打鼓抗拒。我不要在没有信号的地方过夜！我也不想在这陌生的地方借宿。

事实上，索加乡确实太偏僻了。我们去乡政府办公的院子里转了一圈，感觉和20世纪80年代重庆的偏僻乡政府差不多。房子很简陋，到处都房门紧闭。门口还竖着显眼的牌子：北京援建。然后，我们仨又在这一条街的"繁华地段"上溜达了两圈，除了随风飘扬的旗帜让人觉得这里正热火朝天搞建设，基本上看不到什么烟火气，小卖部、落脚点更没看见。如果一定在这里借个地方住一晚，返程杀回西宁的距离也挺远，明天一天还不一定能赶回去。于是，我们三个人反复研究路线以后，决定把今晚打尖的地方定在200公里以外的唐古拉山镇。按照这几天的经验，沿着路走应该在晚上9点差不多可以到达。

说走就走。从索加乡启程以后，地图上显示出313省道。这让人立即警觉起来。因为这条路，还是原始的泥结石路，坑坑洼洼，高低不平，车速根本就起不来，而时间又临近天黑，看起来，我们又要摸黑前进了。

刚从索加乡出发的时候，看见远远的天边有两坨黑云，直愣愣地捶打到了地上，让人不禁联想到外星人乘着时光飞碟，来到地球。正在浮想联翩的时候，一记闪电从空中劈裂，瞬间又觉得那不过是天边的一场雨。就这样，坑坑洼洼的省道，伴着天边的乌云和时有时无的倾盆大雨，我们翻过一座又一座的山，看见一群又一群的野驴，跨过一片又一片的草原，追逐着天边的那一线光亮，朝着打尖目的地缓缓地奔去。我知道，这一路，肯定也是少不了道路太烂的乱坑颠簸，也避免不了暴雨的无情洗礼。但我无畏无惧。

晚上 8 点 10 分，这一路实在是颠得太厉害。骆驼王师傅担心再这样下去，装样本的玻璃瓶会被颠坏了，就停下来又仔仔细细整理了一番。这一刻，我感觉到，下午的时候，王师傅已经被治多县到索加乡这 300 公里的"烂路"颠得无语了，而此刻从索加乡出发又颠簸了 100 公里道路，再坚强的人，也会头疼的。我看看地图，约莫到目的地也只剩下 100 公里了，应该也快了。于是，我接过方向盘，让他休息一下，剩下的路途由我来开车。

一路上，依然是无数的坑洞，大大小小，深深浅浅，连续不断。随着天色越来越晚，天边的余光越来越少，视线范围也越来越窄，直到只剩下车灯照出来的路面。我看见马路上这些坑洞也慢慢汇聚了灵气。三个一团的，看起来像汉堡上面的巧克力笑脸；四个一坨的，看起来像巧克力蛋糕上面镶嵌的水果；一连串的黑乎乎的坑，看起来像烤得有点煳了的羊肉串。好吧，好吧，我承认，今天吃了早饭以后，一直靠干粮撑着，在这个时间，脑子里已经看什么都像吃的了。这样也好，起码不会瞌睡啊，不会疲劳驾驶了，还有不断推陈出新的多种菜品来增添 S 形道路的前进动力。乐观积极、想象力丰富不一直就是咱的优点嘛。

晚上 10 点 50 分，我们终于安全抵达唐古拉山镇。看着镇上那些餐馆和住处的霓虹灯，真是倍感亲切啊！手机又恢复了信号，内心一阵舒坦。尤其是在这个时候看见依然营业的饭馆，比看见大狗子还亲热啊！

这一天的奔跑，虽然路况一直不好，颠簸得脑袋瓜都要开花了，但是我又见识到了另外一种风景的长江源区。沿途除了正在新建的公路,余下的几乎全是原生态。两眼所及之处,全是连片的肥美水草,延展到天边,再和延绵不绝的山头镶嵌在一起。这些山头,有灰色的、黄色的、红色的,但一律都是光头。从左边山脚到右边山脚,则是宽阔的草原,因海拔高度的不同,有的还是绿油油的生机盎然,有的却已经暮气沉沉垂垂老矣。但它们都伴着一条汩汩前进的河流,或湍急西去,或缓缓徜徉。如若我是不食人间烟火的小魔妖,我一定潜心修行,竭尽所能去卫护这世间的净土。我默默地期望,这道路建设带来的破坏,尽快能够恢复起来吧!以后道路畅通无阻了,过往的人群能够心怀憧憬,敬畏自然,爱护这方净土吧!因为一路上遇见的野生动物们,吃得膘肥体壮,甚至站在路边好奇地看着举着相机的我们。就算我们停下车来拍照,它们也毫不惊慌。这应该是它们还很单纯的自然天性使然吧?

愿我们爱自然就像爱自己一样,小心翼翼吧!

远望洛德玛冒茸曲
2021 年 9 月 2 日摄

深见可可西里，婉转曲麻莱

这是第二次来可可西里。上一次只是沿着京藏线采样工作时经由可可西里。这一次，把可可西里保护区里剩下的路都走了一遍。

实际上，昨晚从索加乡出发到唐古拉山镇的时候，就已经进入了可可西里。只不过，乌漆墨黑的夜，除了车灯范围内，其余什么都看不见，所以我已经打定主意，下一次先到唐古拉山，然后向索加乡前进，把这一路错过的风景和采样点补上。

今天早上，我们计划从唐古拉山镇出发，先沿京藏线到五道梁的不冻泉，然后沿着 215 国道线，一路采样，最终在玛多休息，计划明天中午之前赶回西宁。

早上 8 点半刚出发，就遇上人民子弟兵车队正经过唐古拉山镇。前不见首，后不见尾，老长老长了。我好奇的是，他们从出发的地方到目的地，路上会不会休息呢？这么大的队伍，要是休息，得多大的停车场。但是作为普通民众的我，似乎并没有在唐古拉山镇到格尔木路上发现哪里有这么大的停车场。他们开的车基本上都是保持相同的 60 公里/小时的速度。当他们发现跟车要超车的时候，他们就会打右转灯，如果前面有来车不能超车，他们又会打左转灯，全然为他人着想。按理说，这是基本交通规则，我们应该心安理得地接受，可是在流氓驾驶员满天飞的眼前，这种遵守规则的操作，真是让人感动。以至于我们本来想在北麓河的湖泊采样，考虑到这是保护区，那么多军车，万一发生点啥，就麻烦了，只有临时起意，取消这个点。

有了前两次采样的经验，这一次出发前，我用了地毯式人肉搜索采样。地图上预先选好采样点，在实际采选时，考虑到有些地方地图上分辨不清楚究竟是不是水体——有的在地图上看起来有，到了预定地点却只是一滩沙地。所以，办理申请的科考手续清单里面没办法把所有地点都写进去，现场相中的点就只能采取速战速决的策略。尤其是国道旁边的湖泊，本来就扎眼，还是在人为扰动很剧烈（2021年上半年搞了管线埋设）的位置采样，万一被巡逻的发现了，肯定吃不了兜着走。还好，除了风儿调皮，把我们的采样瓶吹到湖中心玩一玩，又给吹到湖边以外，还是比较顺利。

可可西里那么大，湖泊那么多，一路在国道上走走停停，直到下午5点半，我们都还没有驶出边界。急切的采样工作，完全覆盖了我那神游的心，看见那大大小小的湖泊，除了心存敬畏之外，诗情画意全无，只剩下无限感慨。

最为惊险刺激的，当数下午在曲麻莱乡的楚玛尔河采样了。曲麻莱乡的位置，基本上是有道路条件下，楚玛尔河能够采样的最下游了。为了把人为活动影响涵盖进去，我们在曲麻莱乡下游1.5公里的地点采样。在地图上看到这个位置，公路离河很近，再向下游，公路就沿山而上，与河的距离就更加地远了。当车到达地图上的位置时，我们三个人都傻眼了。楚玛尔河在这个位置确实就在公路边，但是公路路基和河床高差有十几米，还是断崖式高差。瓜兮兮的三个人，沿着岸边走过去走过来，这细沙堆积体的岸坡很不稳定，极容易发生坍塌，直接爬上爬下是不可能了。经过我们的大胆尝试，细心选择，最终还是研判出一个可以下到河边采水的位置。王师傅技高人胆大，顺着一个凹槽就滑下去了，我反复要求他弄一根绳子再下去，人家刺溜溜地就下去了。然后小龚同学把采样桶用绳子给他吊下去，打好水再提上来。我还在上边想，这个岸坡这么松散，怎么上得来？结果，只见王师傅扒着石头渣，左一下，右一下就上来了。出发之前听说他会武功，难道这是真的？无论如何，在我看来这次凶险无比的采样工作，20分钟就被他们俩摆平了。真的是干得漂亮！

收拾好物件，正准备向下一个点出发的时候，刚才还明晃晃的太阳突然就不见了，一坨乌云飞了过来。天空一下就暗起来了，我们迅速爬上车，逃之夭夭。任那雨点在后面呜咽追赶。

从曲麻莱乡到曲麻莱县的路，应该是这一周以来最好的路了。不得不高调评价一下。既没有因为冻土形成的S形路面，也没有太多过往的车辆，要不是弯拐太多，车速恐怕要飞起来了。所以地图上显示一小时的路程，王师傅仅用了45分钟，就把我们带到了最后一个采样点——位于曲麻莱县的长江断面。

为了节省时间，我找了一条乡村小道，只需要5公里就可以到长江边，并且还有一条支流顺着这条村路汇入长江，两个点一趟搞定，完美！

不过，理想很丰满，现实总是很骨感。我们沿着村道下到长江边的时候，看见的河滩是一大片废弃的河砂石采场。风刮得呼啸连天，简直就是群魔乱舞，头上的帽子一不小心就要掀飞掉，还好我戴了鸭舌帽再套了战袍盖帽，配上口罩，妥妥的。

长江主河道已经被翻挖得不复天然，但滚滚前去的气势，倒没有因为这些采砂活动逊色，唯一遗憾的就是主河道较窄，虽有强劲滚走的水流，却少了磅礴一世的气概。让妖野的晚风就这样伴着它吧。我们只是默默地采个样，过客而已。我们比着最快的速度，测完了现场参数，装好了瓶子，又原路返回，在距河口 4 公里的地方，把周木乃卡这条河上最后一个水样采集了。

青海这个地方，最让人难以接受的就是一分钟没有太阳，温度就"嗖嗖"地往下降。即便傍晚 7 点钟在长江边有妖风肆虐，但也还不至于冻手冻腿。可这从长江边收工上来也才 4 公里的距离，前后不过一刻钟光景，太阳就隐去了最后的光彩，伴之而来的是夜风横扫而过，割脸冻腿。保温工作做得极差的我，就算穿着战袍，戴着两个帽子，罩着口罩，拿着笔的手依然瑟瑟发抖。都怪自己懒，为了写字方便没有戴手套，咬牙坚持！

当我们把这次行程所有的成果都整理清楚，瓶瓶罐罐都捆得老老实实的，天已经黑得不见五指了。我们沿着村道，往曲麻莱县城开过去找晚饭。可是，一眼望去，除了两排路灯，冷冷清清，一点也不像县城。等我们走到城里最繁华的大道上才发现，整个县城都没有电。有亮的路灯是太阳能板路灯，有灯的店家是靠发动机照明。好吧，好吧，这已经是这周第二次遇到全城停电了。想到自己曾经经历的全城停电，那还是年龄在个位数的时候。而今在青海的这些地方，环境脆弱，停电停水依然稀松平常。这不由得让我想起了今年很热的碳交易。作为中华水塔的保留地，三江源头的发源地，青海省为全国的碳排放做出了巨大贡献，我们是不是应该向这里倾斜更多的政策支持和政策扶持？"路漫漫其修远兮！"

在中国石油加油站对面的川菜馆，吃了这周最好吃的一餐饭。然后启程出发，奔回西宁。

这一夜，我们启程从曲麻莱县出发，我们路过了标语豪气的东风村，翻过了海拔 4812 米的龙甲山垭口，经过了乌漆墨黑的干河乡，在午夜 12 点的时候迷失在距离曲麻莱县 140 公里的扎干镇，我们不曾停歇，但雨一刻也没有停过。我们慢慢地从可可西里安全走了出来。

穿越可可西里的 109 国道
2021 年 9 月 3 日摄

惊魂巴颜喀拉山

　　曲麻莱县停电又下雨，真不是什么好兆头。而且，在我们的询问中得知，由于下暴雨，这个县城已经连续停电十天了。这是多么痛的生活！但生活依然要继续。我们的脚步，因为停电下雨加快了。原计划晚上到玛多休息，现在直接改换目的地杀回西宁，路上由我和王师傅换班开车。

　　在地图上看，从曲麻莱县城出发，返程路线受上半年地震影响，有一大半是省道。需要先走 308 省道，然后从清水河转到 214 国道上，直到玛多道口，再转上共玉高速，可至西宁。导航给出的参考行程时间是 15 小时，距离 856 公里。这个时间与距离的关系，告诉我们，路上有玄机。但返回的心，依然坚定。

　　准备出发的时候，已经是晚上 9 点 20 了。夜雨也开始淅淅沥沥。考虑到王师傅已经开了一整天的车，采样工作还积极帮忙，所以我提出由我来开第一站，然后大概两小时由王师傅替换。如此交替，直到西宁。大家都表示没有异议。这时，我感觉到我是一个责任重大的队长。深吸一口气，我坐上了驾驶座，让白天一直开车的王师傅休息休息。这雨，下得魂不守舍，一路追随。但对于有十年驾龄、长期奔走于山间小路的我来说不算什么，我还是颇有信心的。

这一夜，注定要被铭记。

按照导航的指引，顺利从曲麻莱县城出发转到省道上。省道是新修的，平顺的草油路，即便是下着大雨，还是让人感觉很心安。行了大概20公里，路过东风村，给人一种烟火气的勇气。不过没高兴几分钟，眼前的路变成了粗路基，基本找平但还没铺最上面一层草油路面，伴着雨，有点像开碰碰车。一个拐弯，9点48分，龙甲山垭口海拔4812米的指示牌映入眼帘。这块牌子，在黑乎乎的夜里，真是太刺眼了啊！是在认真地提醒我，路途遥远，摸黑前进要小心！

5公里左右的粗路基过后，又是铺好的草油路。每隔一段时间，我就要看一下指示牌，看看从曲麻莱出发的这场雨会跟着我们走多远。20公里时，雨没停也没小。50公里时，已到巴干乡，雨还是没停也没小。12点到了扎多镇，已经与曲麻莱县相距140公里，雨不仅没小，还越下越大。

大约半小时后，摸黑到了莆松贡玛，导航提醒前面要右后方转弯，我看见灯光折射回来的道路指示牌上写着：前面6公里限速20。此刻的路面，已经看不清楚究竟是平还是坑，车轮滚过去就好，颠簸，忽略吧。转了三四个爬坡弯道以后，路面上开始冒烟。王师傅感叹说："这雨下得路面的热气都跑出来了。"我和帅小伙都表示，这是山上的云雾，并不是地上的热气形成的。他没反驳，我们好不容易起来的话题，又一次两句话就聊死了。多么尴尬的领悟！过了好一会儿，薄雾越来越多缠绕在地面，王师傅才终于认可我们说的是雾不是热气了。

转了五六个弯以后，午夜 12 点 35 分，正式进入尼陇贡玛山。这一段，山间纱雾更浓了。在夜风里，雾团妖娆的速度也很快，飘过去飘过来，真的是让人以为有魑魅魍魉，正在布阵网罗我去做压寨夫人。王师傅非常紧张，但是我却很坦然。看清楚道路两边的边缘，远光和近光交替使用，车头基本上对着道路中间的黄线骑着前进就不会有安全问题。速度控制在 40 公里／小时以内，保证安全。他就那么弓着腰，一直紧张地盯着挡风玻璃往外看。我没管他，按照自己的速度和经验操控着辛苦奔跑的汽车继续前进，弯弯绕绕地翻过尼陇贡玛山。没多远就没有仙气了，我明显感觉到王师傅松了一口气。这时，他要求换岗。想到这里离清水河不远了，这一段我们已经来回走了五六次，路况相对比较熟悉，我就把方向盘交给了紧张一路的王师傅。

　　省道 308 的这段行程，成为我们这次行程的"历史焦点"，但巅峰还未及。相比于昨晚的索加乡到唐古拉山镇的省道，这条路的热闹程度对比不要太鲜明。仅仅是我们晚上遇到的过往车辆，就比昨天一整天碰见的还多。只是这雨，不知道是不是要一直追随我们到西宁，我知道的是它已经跟随了 200 公里。王师傅开车比我稳重，比较小心翼翼。这个时候，打在窗户上的雨变成了雨夹雪，从窗玻璃望出去，起初的晶莹雨条变成了半透明的面条。我开玩笑说："面条又来看我们了。"王师傅一句话没说，我不知道是不爱理我这个话痨，还是他没听懂。跟他说话，都这样，没啥反应。只是偶尔冒一句，"这个样子不好走"。为了缓解他的紧张，我主动扯起左家湾旗子，为他解乏解压。可惜体力确实有限，凌晨 1 点一刻的时候，左家湾扛不住了,只好打烊了。想到我们已经驶上了214国道,路牌显示距离西宁656公里,而我确实也有点犯困了。我叮嘱他:"慢点开车,我得休息一会儿,等会儿好接班。"他没吱声。

1点40分,我突然醒了。是微信短信,好友大狗子在喊我看石头,给吵醒的。这时候外面的雨夹雪变大了。对着挡风玻璃飘过来的面条明显粗壮了。我再一看王师傅,这家伙的头都要碰到挡风玻璃了,车速几乎不到20公里/小时。我猛地一下惊醒过来,以为他在打瞌睡,转头惊问他外面是什么情况。他才带着无奈,慢悠悠地说,没办法再往前开了,看不见路。我再看一眼挡风玻璃,可不是看不见路啊!因为温度太低,挡风玻璃上厚厚的一层水雾,结的冰几乎就要把玻璃封完了,把挡风玻璃做成了毛玻璃,只剩下两块核心区域还能看出去。在如此恶劣的视野情况下,王师傅还在继续前进。真的是吓得我立即让他停车。

打开双闪,我赶紧用纸把车内面挡风玻璃上的雾水擦干净,又把车内空调开成制热,调高温度,防止玻璃再度结冰。这样还可以避免因为自己操作不当影响驾驶。我看他那紧张的样子,坚定地对他说:"我们换班吧,我年轻一些,视力好一些,这一段雨雪大的路,由我来开。"这家伙虽然觉得不好意思,但是看不清路况驾驶也很危险,就默默答应了。所以,凌晨1点47分,我开始第三班。

好家伙,这面条雨确实下得可以,把咱经验颇丰的王师傅都为难到了。不过,我是不会害怕的。第一,我是队长,我必须镇定。第二,我的专业知识告诉我,刚开始下雪的道路,与下雨的路差别不大，路面不会结冰，只要没有滑坡、崩塌这些地质灾害，行车安全是可以保证的。在换班出发之前，我下车走到车头正前方检查车况。好家伙，积在车灯前面的冰雪已经快把车灯都盖完了，严重影响光线。于是，我赶紧将车灯上才凝结的冰块清理了，再毫不犹豫地返回驾驶室，发动车辆，向着西宁继续前行。

且不说道路是草油路还是准基层路基，也不论白日里日晒风吹的辛苦，光是这如刺猬开炮一般的雨夹雪，在漆黑的夜晚，就够赶路的我们喝一壶了。

这一程，注定铭记终生。这一刻，我们已经驱车翻越巴颜喀拉山。天空飘的也不再是雨夹雪，而是真真实实、完完全全的雪。车灯范围内，路面上已经白茫茫垫起来了。天空砸向我们的，不像真实的鹅毛大雪，更像疯狂的蜜蜂，又快又狠，伴着呼啸的夜风，简直恨不能立即把我们包围，陷入包裹，丝毫不得动弹——能见度不到 20 米。为减少危险，行进的车速极低，但我坚持认为不可以停下来：第一，正下雪的时候，地面不结冰，低速行驶不会打滑；第二，停下来我们只能蹲在车里，这前不着村后不着店的山上，他们俩穿的衣物都很少，很难说会不会冻生病；第三，雪停以后，路面打滑更难走，更不安全。我把握着方向盘，龟速爬坡，低速下山。这一夜，我用了今生最轻的呼吸状态，持续一小时，安全翻过了巴颜喀拉山，再用半小时安然渡过野牛河。过完大小野牛河以后，海拔高度降低，鹅毛大雪总算又变成了夜雨。凌晨 2 点 58 分，王师傅立即要求换班，由他来开这种难度稍微小一点的路程，以便让我赶紧休息，放松一下这紧张的状态。

坐在副驾驶的我，迷迷糊糊地一边看着地图，一边打着瞌睡，偶尔问问王师傅是否瞌睡。直到4点的时候，我们到了玛多，转上了共玉高速，悬着的心又踏实了几分。雨还是没有停，但心里的紧张总算是松了一大半。5点半到了姜路岭的时候，离西宁还有400公里，眯瞪了一会儿的我，想到王师傅一路上一直紧张没睡，一刻也没闭眼，是时候要强迫他休息了。不然，最后这400公里我一个人很难一口气开到西宁。

伴着蓝牙音乐，我在姜路岭接盘的时候想去服务区唱歌，结果人家竟然把门锁了！温泉服务区也没人上班，再下一个，直接放弃不去了，专心开车。就这样，我们行驶在高速公路上，看着里程告示牌上面的数字一点一点地变小，在车灯指引前进的路途上，我看见黑漆漆的天空一点一点地泛起白光。直到6点一刻，天空中出现了第一坨完整看得见的云，公路两边的山脉盖着的雪也逐渐清晰。放眼望去，延绵不绝的山峦一夜之间都白了头，直至7点10分左右穿过鄂拉山隧道，沿着17公里的长下坡到达五道河，昨晚大雪的迹象才消减到山顶下雪，山下下雨。

清晨，不仅仅是群山张开了眼，山脚下，成群的牛羊已经醒来，开始东张西望；帐篷里的炉子已经冒出袅袅青烟，从乌云缝里射出的星线晨光照射着牧羊人和他们的牛群，安静又悠闲。夜雨过后这个平凡的清晨看起来特别的美好。真是又一个美丽的早上啊。而我，飞驰而过。

过了五道河，还剩下大约270公里的时候，我把方向盘交给被强制休息一会儿的王师傅。最后这一站，由他完成。

这一夜，我见证了昆仑境内 2021 年的第一场雪。我们经过的延绵 450 公里路程里，不过是偌大昆仑区区一角，可对我个人来讲，人生经历又添了新彩。尤其是在风雪正大的时候，这些惊悚飘至的冰雪让我灵感突至，脑袋里突然蹦出了下学期开设全校选修课的课程名称和大致内容，解决了我一直不知如何重回讲台的苦恼。这，才是真正惊到灵魂的收获。

巴颜喀拉山口的标识牌
2021 年 9 月 4 日摄

深陷若尔盖

若尔盖闻名遐迩。只是没想到是以工作的方式与之不期而遇。这边人类活动区域海拔高度在 3400—3500 米，相比于前几天在长江源，体感非常优越。我特意没有去查若尔盖这个词的本意。根据我这一天转悠的情况，我给它的释义就是：你就是一个大平盖。

9 月的若尔盖已经进入深秋，加之来的时候下雨，气温最高不过 9℃，夜晚最低只有 2℃，冻得人瑟瑟发抖。但是颇为意外的是这个温度居然没有下雨雪。

整个若尔盖大草原实际上是包括若尔盖县和红原县，但是一般在说若尔盖的时候，都是指若尔盖县。这也就使得若尔盖的名气基本上盖过了红军长征走过的大草地红原县。也不知是不是为了平衡这种差异，在红原县有一个机场。

从一整天的巡视情况看，湿地区域绝大多数是在若尔盖县，自然景观的观光价值相对较高一些，红原县虽然也有保护区，但是商业气味太浓。沿着 213 国道全是各种各样的藏家农家乐，但服务水平、建设质量参差不齐，布置也是较为杂乱和随意，破坏了天然大草原的整体美感。尤其是原本连片无垠的草原，因为牧区划分或者揽客经营需要，被蛛网密布的铁丝网活活拉成了一块一块的田字格，让人心里很不舒服。站在一般游客的角度，是啊，看看大草原，哪怕是已经被划成大小不一的豆腐干，驱车几小时都依然一望无垠的豆腐干，那也应该是满足的。于我，见过了长江源最心腹的一望无垠原始高山大草原，没有铁丝网，没有农家乐，除了一条同行的道路，全部天然地貌，这个若尔盖一比，就显得弱爆了。

  但我不否认，它们有各自的特点。就比如，这里的泥炭黑土，这里的草原湿地，有独一无二的性格，值得回味。

  我对湿地最头疼的，莫过于这里错综复杂的河流水系。简直就是张三认识王麻子，李四缠绕张三，丝丝缕缕，真个是剪不断理还乱。举个例子吧。我们在白河下游，经过唐克镇去寻找白河汇入干流黄河的汇合口的路上，遇见一个污水处理厂。这是我在三江源范围内转了9天以来看见的第一个规模比较大的污水处理厂，所以特意多看了两眼。然后，在我们去目的地的路上，遇见了一条支流。这条支流的水，黑漆漆的，但是没有特别的异味，完全不像我们看见的其他小河流的样子。于是我推测，眼前这个小河沟应该是污水处理厂的排污口的下游。然后我就习惯性地在地图上寻找确认这条小溪河的位置以及它与污水处理厂的关系。信号不太好，反复确认以后，我发现这确实是在污水处理厂的下游，并且地图上看见的污水处理厂，正好在白河的旁边。白河有一条支流，经过这个污水处理厂，但是污水处理厂到我们所在的这个河流的位置，有一条直直的小水沟与之相连。我还看到了另外一个方向，也有一条弯弯曲曲，迤逦而来的小水沟。这弯弯绕绕，弄得我晕头转向。于是，我又采用倒追法，在地图上沿着所在的位置，逆向寻找它的干流或者是源头。这条小支沟越往上走,与白河的关系就变得越来越清晰明朗。我惊讶地发现,白河的支流,不仅经过了污水处理厂,它最后的一个方向,就流入了我们身旁的这一条小溪河。实际上,白河的这一条支流,从地图上看还挺有意思的,它从白河出发,经过若干的分支分岔,最终汇入了黄河。

事实上,若尔盖区域的河流水系之发达,我手上的地图精度是根本不够展现出来的。可这是怎样的一种坚持啊?无论水系多么发达,相互交叉多么复杂,最终的目的地依然清晰。在我的追逐路上,我也能够尽力做到吧!

流经若尔盖的黄河
2022 年 6 月 18 日摄于红原县杂威冻列

四过野牛沟

野牛河和野牛沟位于巴颜喀拉山东南方向，有共玉高速和 214 国道穿越这一片区域，除了公路两旁较近的区域，放眼望去的就是山区和山前湿地，一般的行人很难到达。2021 年 5 月发生玛多地震，这里是共玉高速受损最严重的区域。共玉高速通过两座桥横穿野牛沟，但这两座桥在玛多地震中齐刷刷地倒成了多米诺。所以，现在只能通过 214 国道来往穿梭野牛沟。

尽管每一次采样工作野牛沟是必经之地，但每一次的感受都不相同。2021 年的采样工作，我一共穿行了四次野牛沟。

第一次是 6 月的时候。我们从花石峡向清水河方向，去往玉树。虽然是白天，但是行进路线在高度变化上是从低向高的方向走，对于这一片区域的湖泊，在野牛河的掩护下几乎都忽略了。而且，之前的工作重点也不在湖泊这一块，对湖泊的分布也没有特别重视，脑海里没有任何特别的印象。只记得一片草海当中，共玉高速横穿野牛沟的桥倒了，留下的是惨淡的多米诺景色。脑补的只是地震波与桥梁震频之间应该满足什么样的共轭条件，桥梁才会这样一齐溜地折腰。

第二次是 9 月 3 日。那天，我们在曲麻莱县用完了全部采样的瓶子，无法在剩下的行程里继续采样，在遭遇曲麻莱县全城停电后，就一路通宵驾车杀回西宁，野牛沟是必经之路。不过，那晚我们经过的时候，下着雨雪，除了地图上的指示，车窗外面乌漆墨黑的，什么也看不见。

再两次，就是置身野牛沟的这一趟来回了。早在前两天，也就是 9 月 5 日再出发的时候，就计划好要再到野牛沟把之前错失的另外一番风景记录下来。因为从三江源所有采样点的海拔分布情况看，黄河源区从出口断面唐乃亥到源头达日，共玉高速这边的海拔相对低一些，人类活动区域和居民数量明显比长江源要密集和频繁，选定河流的可达性比长江流域也要好不少。在整体布局上，黄河流域的整个采样思路落在地图上都是可以到达的，比长江流域的不确定性小很多。因此，这两次经过野牛河和野牛沟，我们先从花石峡向清水河方向到达巴颜喀拉山预先定好的湖泊位置，完成采样工作，然后折返回到花石峡。

野牛河发源于巴颜喀拉山南麓，然后在野牛沟最东面与热曲汇合，之后在野马滩汇入黄河。从地图上可以很清楚地看到，野牛河是热曲最大的一条支流，从巴颜喀拉山与共玉高速和 214 国道并肩齐驱，直到进入野牛沟才折转向东，与两条道路分道扬镳，各奔前程。这一程，除了这两条路，这一片区域几乎没有任何其他道路可以走了，当然，11 路公交车除外。从野牛河起源的山脊开始，一直到康龙贡玛，都是属于下切山间河道，两岸高山耸立。过了康龙贡玛，就从山区进入野牛沟。这里是一片巨大的湿地，有着丰富的沼泽湿地景观，在沼泽的中央有一个主湖——江蒙措湖，边缘散布着许多大大小小相互交织缠绕的湖，吸引了无数的候鸟前来嬉戏和栖息。9月9日这天，我们到达**江蒙措湖**的外边缘的时候，已经是傍晚7点半了。凭我们三个湿地通行的经验，在这夜晚即将来临的时刻，要想到达主湖，几乎是不可能了。我们只能退而求其次，找了一处离主湖最近，水流交互条件较好，并且又能保证安全的小湖开展采样工作。

在等待数据的间隙里，我抬头望向214国道的方向。我惊喜地发现这一刻，正是晚霞从黄澄澄转变成金灿灿的时候，太阳的余晖映着周边的云彩，全都镶上金边，光线再透过云彩折射在湿地草皮上，让原本微微泛黄的沼泽地瞬间涂上了灿橙色，显得特别的温暖，让人忍不住想要伸出胳膊去拥抱。这美丽的黄昏，因为我们的突兀造访，惊起了湖边准备栖息的水鸟。它们本打算和往常一样，收拾一天的辛劳，整理好心情，迎接夜幕的来临。可三对不知深浅的腿，在离它们100米开外的地方呼啦呼啦地震动。求生的警觉让它们以最快的速度三五成群地散去，不甘心地在空中盘旋了几圈，发出抗议的鸣叫。我想，这一刻我们是多么的突兀，硬生生地打破了它们习以为常的祥和傍晚。但也许正是我们在这个美不胜收的傍晚的意外造访，让它们扇着翅膀去到邻近的位置休息，兴许还能欣赏到平时没有关注过的风景呢？！

不管怎样，我们是外来"入侵"者，所以，我们抓住夕阳已经快要撑不住的最后一丝明亮，用最快的速度在**江蒙措湖**采好两个不同位置的水样。在我们收拾工具设备准备返回岸边的时候，太阳终究还是"嗖"的一下就谢幕了。只剩下一抹扇形的余晖，映在天空上，地平线的黑色变得非常的突兀。而

214国道变成一条线,横切在我们和斜阳之间。我正要感慨夕阳虽美,可生活不易,却抬头看见一辆货车沿着国道向花石峡方向开来。我赶紧举起相机,拍下了这难得的空旷一幕:

夕阳西下,采样人在沟涯,暮色蔼蔼,货车横插。

既美丽又伤感。美的是,野牛沟的黄昏,天边云朵在夕阳的映射下,美不胜收。除了断续传来的归巢鸟鸣,一切都显得那么的宁静和谐。让人忍不住想把这一幕幕都收入镜头和脑海,让人极度希望时间就此停止。伤感的是,再美的自然,孤零零的人儿也无法长时间停留,特别是在这前不着村后不着店的湿地。因为黑暗怪兽正在无限膨胀,喷着恐怖的大口,胁迫着我们赶紧离开。

我想,下次我还会来的。

野牛沟的黄昏
2021年9月9日摄于江蒙措湖

美丽扎陵湖

上

　　扎陵湖和鄂陵湖是黄河源头姐妹湖，位于青海省玛多县境内，距玛多县城大约 40 公里。它们是黄河源园区里最大的两个重要湖泊。

　　为了一睹这两姐妹的芳容，我们可谓是费煞苦心。

　　这两湖在三江源国家公园严格划定的管理范围内，需要有正式的手续才能进入，其他闲杂人等是禁止前往的。因此，在我从重庆出发前，就委托了检测公司的工作人员帮助办理前往扎陵湖和鄂陵湖的相关手续。到了西宁，我也咨询了是否妥当。在得到检测公司的肯定答复后，考虑到扎陵湖、鄂陵湖管理严格，我们把它们设定为采样路线上的最后一站。

　　9 月 9 日，也就是今天，我们计划去扎陵湖和鄂陵湖。

　　一早 8 点，晨雾还没散去，我们就出发了。玛多县城很小，上半年地震后，很多建筑物都重新进行了修建，有的也还处于建设当中。县城里的好几条大街正在大面积开挖施工，乌烟瘴气的，不过这也是为了建设更好的玛多县城。我想说的是，这么小的县城，办事的规矩倒是一板一眼，丝毫不马虎。

从玛多县城出发，经过大概半小时的信号挂机，我们到了园区门口，远远地就看见拉着一条绳子，看起来，是要检查通行了。我安排负责办通行手续的小龚同学把材料拿出来去过关，这家伙才慢悠悠地说，三江源国家公园西宁管理处那边还没发给他，人家这会儿有事，得等一会儿。急性子的我，瞬间就不高兴了，但是没有其他办法，也就只能干等着了。等了半个小时，看着时间一分一秒地过去，10点了还没消息，今天的工作计划全部打乱了，我就更坐不住了。可这委托的第三方公司的人，又不是自己的孩子，也不是自己的职工，打不能，骂不能，只能自己憋着生气。无可奈何的我只好打开电脑，把这干等的时间利用起来做别的事情，不理他们俩怎么摆平这件事了。

黄河源园区入口
2021年9月10日摄于玛多县

经过沟通，他们总算是基本上把程序搞清楚了。按照规定，我们只得拿着材料返回到玛多县城的归口管理部门，去相关责任科室重新办理手续，然后再拿着这个同意放行的条子返回卡口，方可进入园区。

　　熬到 11 点 50 分，终于拿到了通行证。

　　可能办理这个通行证耽误了一上午的时间，王师傅心里也憋屈，进门以后他疯狂地踩着油门杀向扎陵湖。实际上我很不赞成这样飞奔而至。这条路的正常限速是 40 公里/小时。虽然一路上不曾遇见一辆车，但一路扬起的尘土让我忍不住去斜视仪表盘的数字。天啊，我瞟见的车速达到了 110 公里/小时！我的心瞬间就悬起来了，不由自主地抓紧了扶手。这一次，仅仅用了 15 分钟，就从玛多县城杀到了园区门口，比早上出发整整少了一刻钟。

　　神啊！感谢您的眷顾！让我安然活着！

下

　　从专业上讲，扎陵湖和鄂陵湖属于串联型河道湖泊，是黄河源区最为璀璨的两颗明珠。

　　黄河从巴颜喀拉山北麓的卡日曲和约古宗列曲发源后，经星宿海和玛曲河，首先注入扎陵湖。扎陵湖东西长，南北窄，酷似一只美丽的大贝壳，闪着蓝光，镶嵌在黄河上。据查，扎陵湖的面积达 526 平方公里，平均水深约 9 米。鄂陵湖位于扎陵湖东面下游。鄂陵湖与扎陵湖的形状恰好相反，鄂陵湖东西窄、南北长，犹如一只很大的宝葫芦。鄂陵湖的面积为 628 平方公里，比扎陵湖大 100 多平方公里，平均水深 17.6 米，最深可达 30 多米。

  玛多县的海拔基本上都在 4200 米以上，在 9 月的时候，早晚温差几乎就在 15℃以上了。尤其是早上的时候，铺天盖地地结冰起雾，体感温度也就 1—2℃。中午艳阳高照的时候，气温可以陡升到十七八摄氏度，夹着毫不避讳的紫外线，晒得人直喊娘。可一团黑云经过时，分分钟体感温度就会陡降至让人瑟瑟发抖。按照气温对季节的划分，这完全算是深秋季节了。相对同期重庆，平均气温还不会低于 30℃，我究竟应该是倍感幸福还是嫉妒呢？

  既是深秋，整个玛多县境内的草 80% 已经枯黄，也是响应时令了。远远望去，**竟有一种徒见光秃秃的山头的错觉**，让人不禁心生苍凉，感慨世事维艰。12 点 5 分，顺利进入黄河园区大门。目光所及之处，似乎并没有因为围墙内外而显示强烈的差别。依然是一地枯黄，满眼都是。从玛多县城出发到管理处的路全是刚刚才铺好的崭新的草油路，进了大门依然如此。我心里忍不住高兴，原来对于进了园区以后的颠簸担心完全是多余的，全程要都是这样的新路，那我们的速度快一点，应该也可以圆满完成任务。

  事实证明，我们高兴得太早了。没过几分钟，就只剩下泥结石的机耕道了。在这种气候条件不太好的河源区，在雨水冲刷和风石作用下，机耕道几乎都是大坑小洞，颠簸不平。好在这 10 天以来，我已经习惯了这样的颠簸，甚至还能把周公请来打个盹儿。这样的经历告诉我，当我们在面临不太喜欢的环境时，最好的办法就是及时转移注意力，忘记让自己不快乐的事。在平静以后，再回过头来，一切都能变得平和。

就在乌拉拉扬起一路尘土的时候，天上恰逢其时地飘过来几团筋斗云，绝对是大幸事。我看着这些 3D 筋斗云，想象着它们的飘移台词，瞬间觉得一切都可爱了起来。由于我们是从扎陵湖下游向上逆行，在公路上转了几个弯以后，一汪湖水就开始露出来了。目之所及，水天相接，碧波荡漾，涟漪迤逦，天上衬着一串筋斗云，地上遍野伏着黄草，一派跃动又带着凄凉的秋日美景。

噢！这就是让我茶饭不思，稻米不香的黄河源头姐妹湖啊？既失望又意外。失望的是，我居然没有特别的激动。难道是见过大海，会过群山，就难以再对这山里的一汪碧水泛起涟漪？也可能是因为碍于同行队友，相交不熟，面对他们不能过于表情浮夸和失去稳重，即便是有那一点即燃的火花，也应该让它消失在风里。意外地，当数这特别的地理位置。常年干旱少雨，狂风肆虐，却还能汇集如此一汪碧波，恰如高原明珠，闪亮却不张扬。嗯，鄂陵湖，大气，大方。

顺着环湖路上行，一路颠簸，车速 40 公里/小时就已经显得很快了。更何况车上装着这一路采集的样品，还有一台车载冰箱，我真的担心在这种路上行驶太久会不会把水样和冰箱颠坏了。但此路已出，不得回头。从鄂陵湖逆行而上大概 45 分钟，我们终于见到了扎陵湖。扎陵湖可能是因为水浅一些，映衬的蓝色没有鄂陵湖那么浓重，虽淡却素雅。加之湖边一望无际的漫滩上大片的红色植物，萌生出更多的动感和生机，从而使得深秋的扎陵湖也具有了更美丽的生命力。我喜欢活泼的氛围，活泼中带着严肃，可能更好。

在预定地点找地方停好车，我忍不住兴高采烈地向湖边走去。由于采样位置对应的湖漫滩比较宽，我们需要步行大概 400 米才能到离水最近的地方。这是一个斜缓坡式的湖漫滩，以中度沙砾石为主，表面稀稀拉拉地长了一小片一小片的植物，也不知这是因季节而红还是常年红彤彤。只依稀记得在宾馆的宣传册上见过，好像说这是季节红，名字更是没有记住。在湖区也没有信号，查不到学名，真是遗憾又忧伤。当我们深一脚浅一脚地向湖边走去的时候，我还是觉得这些植物太娇小和脆弱了。我这 100 多斤胡乱踩下去，多半没得活路了。所以我宁愿深一脚浅一脚地走在歪歪斜斜的烂石板上，也不忍心去踩砂石里坚强生长的这些植被。噢！是我太玻璃心，兴许它们根本就没那么柔弱，因为我一点也不了解它们，就这么先入为主了。没关系，爱惜花花草草总是好的，何况这偌大的湖泊，我只取一桶。

　　站在湖边沙滩上，阵阵微风，伴着中午的阳光，穿透衣服刺进皮肤，我被晒黑了。阿门！就算这样，也阻挡不了我想要把一路风光尽收眼底的渴望。我贪婪地望着湖面，将筋斗云和棉花团混着的湖水，刻入脑海，摄入相机。我不禁感慨，在灯红酒绿的城市里，人们无论多么谦谦有礼，还是会尔虞我诈，为一己私利，你争我夺，不顾情面，杀得片甲不留；可你看看这一汪湖水，它们就在你脚下，滋润山河，不求回报。而你，在苍茫人海中追求的是什么？胸怀，梦想，还是虚荣？好像都有，也好像都不是。湖水它不会告诉你这些，它只会一圈又一圈地卷起浪花，舔舐着岸边，不计成败，永远执着。或许，我们也应该这样吧。不计较最终如何，就这样坚定地坚持目标就好。

　　下午 3 点，我们从扎陵湖收工，返回鄂陵湖。我不知道鄂陵湖的本意是什么，但是这姐妹花，扎陵湖一定是温柔优雅、超俗内涵的小女人，而鄂陵湖一定是风风火火、风驰电掣的魔女。就看看湖边那些被吹弯腰的蒿草和被水浪击打成薄片的乱石片，足以说明一切。尽管鄂陵湖的颜色更蓝，看起来更艳丽，但峡谷豁口的造型，肆虐着的狂野湖风，真的让人有点吃不消。我戴着两个帽子，墨镜和口罩，依然感觉风冷刺骨，装备随时可能被掀掉，一点也不友好！我一屁股坐在岸边的乱石滩上，竟是温暖的。妖娆的湖风却让人迷了双眼，乱了头发。兴许还可以调侃这个鄂陵湖是专门欺负人的"讹人湖"吧？

　　无论如何，躲在车里，透着车窗远望姐妹湖，似乎比站在岸滩要让人觉得美丽许多。这就是所谓的距离产生美吗？安好，姐妹湖，期待下一次的温柔相遇。

湖边野驴
2021 年 9 月 10 日摄于鄂陵湖

第四章　收官之行

(2022.06.13—28)

福地拉加镇
2022 年 6 月 27 日无人机摄

孤寂西宁

因为工作，在西宁疫情解除一周后，我又带着工作任务独自来到了这座孤寂的城。

与前几次不同的是，落地这天我选择了住在机场附近。前几次的行程已让我知道这附近比较偏，但我还没有体验过这种冷寂，想到疫情防控要求也不能自由行动，远离城市也不一定是错误的选择。不过入住后，事实证明，我错了。因为入住酒店虽在保税商务区，可是除了酒店以外，偌大的园区没有任何其他营业的公司、商铺、餐馆……能够提供果腹的就只有酒店餐厅和酒店职工宿舍楼下的便利店。且不论价钱怎样，最要命的是，酒店餐厅下午5点半就打烊歇业。而我兜兜转转到达酒店办入住手续的时候，已经6点多了。这就意味着，我只能去光顾酒店职工宿舍旁边那唯一的便利店凑合晚餐。

生活要有仪式感。冷寂的环境，需要火热的心情。所以即便是这样，我在便利店买了一盒自热小火锅，一包酸笋充饥，顺便还带了一罐啤酒给自己杀毒洗尘。

酒店房间很大，还有整面墙的落地窗。我把晚餐摆在窗户边的窗台上，对望着亮晃晃的斜阳，稀里糊涂地填饱了肚子。房间的落地窗正对着商务区的交通大道，笔直的行道树护着宽阔的马路，就那么静静地立在那里，映着夕阳余晖的光亮，昭示着一动不动的生长。偶尔疾驶而过的车辆，才让人感觉到微弱的生机。我呆呆地站在窗前，内心斗争着要不要下去溜达一圈。可是，我胆儿小，黄昏时，不敢独行感受这种孤寂。这时候，要是有人一起同行该多好啊！我一定缠着，邀约着，一起去步行在这条斜阳大道上。就这样望着，望着，直到突然想起下午登机前答应要完成的一点工作还没办。然后，开启电脑发奋地工作，让自己暂时忘却这斜阳下的遗憾。

　　因为所住的酒店吃饭很不方便，疫情政策又有新调整，低风险无星外省旅客不需要居家隔离三天，只要有 48 小时核酸就可以自由行动。第二天，我就搬到了西宁市中心。毕竟，来了这么几次，还不知道穿湟水河而过的西宁市中心长啥样。老实说，别看我平时一个人往来风风火火的，实际上在陌生的地方，独自一个人，我还是很胆小的。人少的地方不敢随便去，人太多的地方，恐于疫情也不爱扎堆。每一个想去的地方，都要反复确认是否安全。想到自己这次出行携带的设备少了一个自拍杆，于是在午饭的饭点前，就临时起意，决定走路去大疆实体店看看那个很有意思的 OM5 神器。我在网上搜了店老板的电话，确认有货就跟着导航出发了。

　　虽然西宁市的海拔不算高，大概 2300 米。可是走起路来，和在海拔 250 米的重庆相比，总感觉脚底下软绵绵的，两脚的交换频率和步距都受到了限制，呼吸也要沉重一些。整体上，身体能感觉到明显的差异，但还在可接受范围内。走了大概 500 米，内心深处的孤寂突然涌上心头，胆怯阻止了我的双腿继续交换频率，我伸手招了出租车……

设备购买很顺利,只是店里面的财务不在,在他们下午下班前还得去一趟取发票。因此,在下午差不多5点的时候,被项目数据整得晕头转向的我,再一次决定步行前往。

就这样,伴着下班前明晃晃的太阳,我沿着导航,一路欣赏着城中心商业区的风景,观察着过往的行人、车辆、建筑物,往返于两条不同的路线,取回票据,也大致了解了西宁城中心的风貌。印象深刻的还是湟水河了。梯级景观坝,河中央的生态浮床,干净的亲水人行步道,错落叠加的街边景观小花园,都是现代的气息。只有视野尽头的城边山体,不断昭示着这里是黄土西北。

默默地在城里蹲了三天。一个人吃饭,一个人走路,一个人欣赏风景,一个人等待出发。这是第二次蹲在西宁主动困住自己,见识的又一片天空,没云,且蓝。

穿城的南川河
2022年6月16日摄于西宁绿道中心广场段

出师玛曲

在到达西宁三天后,终于等来了邮寄的设备。于是按照计划,开启这一轮的采样行程。

出发前一晚,我再次核对了采样点,按照之前大致计划好的路线,反复核对以后有一点沮丧。因为工作量非常扎实,全程下来,无论怎么优化压缩,日夜兼程也要 11 天。对于内心深处的期盼,全然没有了前面几次的兴奋与斗志,甚至有一点不情愿的煎熬。但工作,始终要有人去做,半途而废不是我的做事风格。自省的我,整理心态,收拾行囊,如期前进!

为了在最快的时间里,获取全部采样的数据,最佳的办法就是所有的站点都一次经过,避免往返。这一次,由骆驼王师傅、藏族霍哥和我一起同行。按照既定的采样原则,我们驶出西宁的第一站,就是从尖扎直奔黄南州,这一路经过了光秃秃的隆务峡、葱葱郁郁的麦秀林场、刚刚苏醒的泽曲草原,途经河南蒙古族自治县,在天高云起的时候再翻过香山垭口,一路直驱到达柯生乡。这是黄河干流的重要采样点之一。

犹记得 2021 年 9 月下到柯生乡香扎寺的角上采样时,看到漫坡的灌丛,感觉自己只能裹头滚到黄河边。而 2022 年,这个时节还不过是刚过初春,岸坡上的草还没长起来,除了多年生的灌丛，只有伏地盛开的那些各种颜色的小花，让人感受到勃勃生机。而且，2021年来采样的时候，香扎寺的寺庙和周围道路都在维修建设，而今已全部焕然一新。2021年陈旧无光的屋顶已被镏金代替，在太阳的照射下，熠熠生辉；重新整修上漆的屋檐和墙壁的绘画，让整个寺院更为形象生动。尤其是那朱红色的围墙，静谧得透露出威严，使人不由自主地心生敬畏。这偌大的寺院，有好几百年的历史，我们叨扰的时候，只是很普通的一个下午，非常安静。我们开着车，沿着公路绕转了一圈，看见一个10岁左右的小喇嘛，正行色匆匆，再未遇见其他人。

在柯生乡香扎寺河边采完样以后，大概下午6点。我们往玛曲方向去今天最后一个采样点——鄂尔哈斯河。刚到的时候，斜风伴着余晖，听着淙淙的水声，这数据采得那个惬意啊！然而，天有不测风云！一坨突然被风刮过来的黑云"嘎吱"一下停在了我们头顶。第一个数据还没有读出来的时候，我就发现我的记录本上有雨点子下来了，于是我跟一路的小伙伴们说，不好了，下雨了！他们俩完全没有在意我发的这个信号。我实际上也没太在意这件事，反而还掏出手机，特别随性地对着打在河边石头上的雨点子拍照，十秒钟之后，雨滴就密集地噼里啪啦地落下来。这高原的雨滴，个性丰满。不到一分钟，我们还没等到读完两个数据，已经变成密密斜斜的面条雨，扑打在我们的头上、衣服上，溅到河里冒起一个一个的水泡……我以为我的防晒衣还防水，站在河边石头上一边尖叫"雨下大了！王师傅衣服全湿了，不要测数据了！"一边在那里裹着防晒衣淋雨，哈哈笑着乐开了花。这冰凉的雨夹着呼呼的风一起袭到怀里，把我浇了个透！不到两分钟就把我蹂躏到瑟瑟发抖！雨滴滚在衣服上、头顶上，瞬间流成了小溪，如果只切一个镜头范围简直就是一场对天沐浴的现场直播，这滋味儿真是爽到爆！我实在扛不住继续践行科学家的"吃苦耐淋"的精神，抱着怀里的相机和记录本，连滚带爬地就向车上冲去，全然不顾在海拔 3500 米的地方奔跑可能会引起的呼吸不畅！一边大叫下雨一边踩着棉花一般冲上了车！活脱脱的一条高原落水狗！身上带的雨水，差点没把副驾驶的位置全部洗一遍。

　　傍晚 7 点半左右，我们到了玛曲县城，刚才淋雨的湿人也已经恢复正常。进城的路上看了好几个晚上打尖住店的地

盛开的全缘叶绿绒蒿
2022 年 6 月 17 日摄于纳盖杂多山

方，问了以后的回复都是不提供任何发票。转了三圈，好不容易定了个可以开发票的住处，结果地图导航的位置是错的，在挖得稀巴烂的大街上转了好几圈，都以为酒店是会魔法而隐身不让我们找到。最后，在携程客服的帮助下我们才找到地方。那时候已经是晚上9点一刻。进到酒店大厅，前台的接待说，办理入住的电脑坏了，无法办理入住，需要我们等着，具体多久说不好。白天折腾了一天，我只想尽快安顿下来，然后洗个热水澡。结果，仪器设备都跑来捣乱，不配合。我们又在宾馆大厅待了半小时，最后还是靠携程客服，我们才没有傻等到前台电脑修好了才入住。这件事情充分说明，有一个靠谱的服务商是多么的重要。

  出师第一天，经历就如此丰富，真可谓是"羡煞旁人"！

一望无际的若尔盖

从玛曲出发，沿着玛溪国道向若尔盖县城方向出发，出了县城翻过尕果寨，就进入若尔盖大盆地范围。除了天边连绵不断的山脉，目光所及全是低矮连片的草原。按照计划，今天一整天，我们都在若尔盖湿地大草原里面转悠采样。

这里有黄河九曲第一湾，这里有世界湿地脊背若尔盖，这里有看也看不完的草原国家公园，这里有数不完说不清名字的弯弯小溪，这里还有黑颈鹤的栖息地，当然还有草地上数不尽的草原鼠。看着看着，我就想去草地上打个滚儿；望着望着，我就想起了金啤酒。

黄河九曲第一湾，没时间站上最佳观景台欣赏了。于是我就在采样的地方，把无人机派去做我的眼睛，从远到近，360度看了一遍。空间立体的视角，弯弯拐拐，确实很壮观，可惜探看的那个时间正是下午起云时，云层太厚，没有一丝阳光，我只在镜头里看到了一条玉带，绕来绕去，不知尽头。若是一碧晴空，金灿灿的阳光照在黄河九弯十八拐的河面上，随着波浪泛起的闪闪金光，一定更美。这个遗憾，就留给下一次相遇吧。

一路上穿行最有意思的，应该就是这些数不尽的草原鼠了。它们都是统一着装，表情各异，非常有地方特点和民族特色。印象最深刻的是，我们从海拔 3616 米的德隆山垭口下行前往唐克镇的路上。在唐热公路的沿途，马路两边的草原鼠就像是赶集一样，自由地在马路两边穿梭，不少家伙蹿到马路中间的时候，还要停下来左右看看，思考一下再前行。我们的出现，反倒是打扰了人家的计划，促使它们要么更快地前进，要么放弃想法留在路边观望。它们应该也是群居动物吧？很有团队意识的那种。不然，怎么会时常看见马路两边各站一只对话？有的挥舞着前爪，似在对喊："有本事你过来一起玩呀！"也有可能是在喊："饭点到了，你妈喊你回家吃饭！"还有可能是在说："今天天气不错，要不要过来一起去遛弯呀！"甚至可能在喊："最近新学习了挖洞采花新技能，来开研讨会呀！"

那个热闹，看得我一脸嫉妒！

除此之外，在马路两边的围网边界以内，那热闹的场景，更是非凡。一路上望见奔跑的，捉迷藏的，串门儿的，实在是稀松平常。甚至还有更过分的，我站在马路边，拿着手机和相机，对望着它们也不害怕。甚至于我拍了整整三分钟视频，依然完全无视我的存在。两个家伙勾肩搭背凑在家门口窃窃私语，还不时地朝着我站的方向亲昵抱抱。

我的神啊！这些家伙现在真的是完全占地为王了吗？！好吧，好吧，我看够你们在这里撒狗粮，我受够你们的大摇大摆，我默默走了吧，工作可以让我更快乐。

傍晚 7 点钟，我们采完当天计划的黄河的最后一个点的数据，然后向 80 公里外的红原县出发。一路颠簸，快要回到唐克镇的时候，天空突然云开见日，大地洒满了金色的余晖，照在那延绵数公里的油菜花海,美得那么不真实。我抑制不住内心的欢喜,双眼贪婪地享受着意外的风景。如果那一刻,有一个可以倾诉的对象,我一定会喋喋不休地给他介绍高原油菜花的特色、生长特征和我们重庆有什么不同。但,勇者是孤独的,这样的路上风景,除了留在脑海,也就只能存留在这只言片语中了。

　　从唐克镇油菜花海的太阳突破云层那一刻起,我能感受到余晖在努力地不想掉下山头,就连一直霸气不移的云彩,也没了脾气。就这样,我们一路奔向红原县,而落日,则在车身后面越来越远,直到华灯初上。

唐克附近的草原
2022 年 6 月 19 日摄于若尔盖沿途

查干塘兴奋记

早上8点，我们准时从红原县城出发，按照行程计划去白河上游的查干塘采样。

6月的查干塘，是一块属于春天的神奇湿地。

这里的草地上，开满了白色的、黄色的、紫色的小花儿。很少一两种我叫得上名字，多数我都无法识别。手机没有信号，识图软件也就只有不停地转圈圈了。按照高原格桑花开的时间，我认定它们全部都是格桑花。只是这一片是五彩缤纷的模式，秒杀了周边所有的一片黄澄澄的格桑花草原。

看到这意外的惊喜，我真的是兴奋得不得了，完全无法掩饰对它们的喜爱。车还没停稳就手舞足蹈地，跟个小孩子一样哇哇大叫。车刚停好，全然不顾同行小伙伴们的感受，我拿着记录小本本，举着相机就往草丛中溜，一点也不"稳重"。走了几步，感觉脚下不对劲，这软绵绵的感觉不是平时踩在草坪上的那种绵软。低头一看，哎哟，我的神啊！所有让人兴奋的草皮和鲜花都是在牛粪基座上萌芽生花！除了牛粪和花草，几乎看不到一丁点儿裸露的土壤。正所谓鲜花长在牛粪上，绝对不假。只可惜，这里是无人机禁飞区，映入双眼的花海，用手里笨拙的相机是拍不出那种让心飞扬、满屏喜悦的效果的。

那就只有印在脑海里，独自享用了。

　　清晨的查干塘，不仅是鲜花儿盛开的乐土，也是牛儿享受的佳辰。一路兴奋的我，既忘记了这10℃的晨凉，又忽略了在不远处悠闲的牛群。每天我穿着我那亮眼的红色冲锋衣，穿梭在草天之间，遇到牛群都是小心翼翼的。我不想成为《举起手来》里面的某个桥段的现场演绎者。但这次，当我们采完样，返回的时候，我掉队并持续沉浸在这意料之外的美丽之中时，完全忘记了那几双黑咕隆咚直视我的铜铃般的眼睛。藏族霍哥本就是一个乐观、热情的"捣蛋鬼"，他发现我的这一破绽，远远地转过身朝我吼了一句："龙老师，你看，你看，

牦牛卫士
2022年6月19日摄于红原县查干塘

你的观众来了！"我的个乖乖，我扭头一看，四头大牦牛，准确地说是四头举着弯弯长长的耀武扬威的牛角的公牦牛，正齐愣愣地站在几十米远的地方，一动不动地注视着我这个红衣不速之客。我的全身就像触电一样，瞬间颤抖着立定，手里的相机要不是挂在脖子上，指定被我扔出老远。须臾之间，我也顾不得这些牦牛是不是真的在看我，或者有没有在思考要不要来撩一下红衣服，就以闪电的神速把红色冲锋衣撕下来裹成一团，夹到胳肢窝底下，然后讪讪地对着牛群笑笑，亦步亦趋地向车上走去。

直到我把红衣服放到车上，那几头牦牛还一动不动地盯着我。好好的一场"作秀"，硬生生给吓出来一身冷汗。

久治久不至

在查干塘湿地采样结束以后,我们就启程前往久治县。

我反复比对了地图,从四川的阿坝县经过是最佳路线。只是四川红原县到青海久治县沿途,走阿坝这条线路的话,沿途是没有采样点的,要到久治县城附近才有采样点了。可一想到要路经向往已久的神秘阿坝,必须是既来之,则安之,解密阿坝,再到久治。

几个来回的盘山公路之后,我们就远离了若尔盖大草原,驶出这个充满故事的盆地,进入阿坝的高山草原。只是在翻过阿依拉山以后,山体就有了南北之分,出现了高山森林。不过,这一片森林随着盘山公路,只持续到了翻完阿依拉山,就重新回到了高山草甸和高山草原的地貌特征。

在阿坝境内的麦唐路,以及去久治的唐热路上,一律都是绿油油的草地,从山脚到山顶,从山顶到山脚,圆溜溜的,给人一种柔软的孤独。在延绵不断的翻山路上,我不禁想起,曾经听来的故事里,那些援助阿坝的干部是如何翻山越岭、克服万难去为牧民服务的。尤其印象深刻的,是那些让人崇敬的赤脚医生们,在没有交通代步工具的情况下,走乡串户,深入群众,是多么的不容易。一路上,除了人员比较聚集的县城和乡镇，沿途的游牧群众，似乎比青海还稀少。我不禁感慨，在这样的自然环境下，交通完全靠走是多么艰难。

中午1点半的时候，我们总算穿过四川的阿坝到了久治县城，一路畅通，两省交界的疫情防控卡口，只需要出示"两码"即可通行。考虑到下午的采样任务挺重，去另外一个县城过夜路程又太远，我们就打算晚上住久治，明天再去玛沁。按照这样的计划，习惯性地遵守先远后近的工作逻辑，我们下午采样就从离久治县城最远的一个点开始，然后循序靠近落脚点。这是一个正确又错误的决定。按照路程优化方案，先远后近可以节省体力，所以这样决定是正确的。错误的选择就是对防疫要求预判不到位。

我们计划去的这个最远采样点在赛尔曲，它不属于久治县的行政管辖范围。而往来前往赛尔曲采样，甘肃与青海交界的卡口——740号防疫卡口是必经之处。从久治出去，他们是一律放行的，但要前往久治县城，他们要求要有48小时以内有效的核酸结果，并且还得做落地检才能通过，两者缺一不可。与我同行的两个伙伴，因为是16日做的核酸，在上午11点的时候，有效时间已经达到48小时，这在下午5点已经不满足要求时长。而我是17日早上去做的核酸，当天下午5点一刻出的结果，我们在卡口的时间，正好是19日下午5点，我的核酸48小时有效期只剩下一刻钟。卡口负责防疫的工作人员在查看我们的核酸报告以后，要求三人都得做落地检，只同意我一个人通行，他们俩只能等核酸结果出来才能通过。经咨询，此次核酸结果的发布时间是20日下午6点左右。

多么尴尬的决定！

好吧，特殊时期，理解万岁。

考虑到通过 740 卡口以后，我们只有一个点还需要采样，等着显然是不现实的，返回 100 多公里以外的玛曲县，明天再来，往返 300 多公里，无论是时间成本还是经济成本，都是高度不符合我的原则的。于是，经过商量，我又去卡口给执勤的工作人员和疫情防控人员咨询和确认我确实是可以驾车通行前往久治的，最后决定由我一人开车前往采样点，把水样采上再返回来，接上两位伙伴去玛曲县。折腾了半小时以后，5 点半我拿到了卡口防疫人员批给我的通行条。无视天空中投下的无数针扎一样的光线，我平静地手捧着犹如千斤顶般沉重的一指宽的一人放行纸条，径直向我们的"坦克车"走去，准备自己去完成今天最后一项任务。

让一个女人开着"坦克"，独自到海拔 3600 米的地方去采样，虽然两位小伙伴非常担心，可他们别无选择。只能反复嘱咐我，开车要慢一点，采样要小心一点，实在不行就别去了。但他们也知道，我决定的事，向来义无反顾。

所以，当我把车开到卡口放行处，把通行条递给放行的工作人员时，他们叫我等一下。我虽口头应着没问题，可心里咯噔了一下，千万不要生出新的幺蛾子来！这时，三位穿制服的警察里，年龄最大的那位警察走过来，对着车里后排看了看，对我说："尕姑娘，现在 5 点半，你要来回时间不久，我陪你去采样吧！你要提那些工具吧？我可以帮你提东西。"我知道，在我们因为核酸有效性而对他们反复的询问过程中，这几个警察就在议论我们这三个被卡住的搞笑组合。但面对通行要求，他们除了照章办事，别的也无能为力。

在听到这个"截胡"而来的帮助，我的脑袋轰了一下。天啊！世界上怎么会有这么好的人！难道是因为我们无法通行，我们态度诚恳，坚决支持他们的政策，感动他们了？虽然后来在采样路上的聊天证明真的是这样的原因，但我还是很感激！毕竟，疫情无小事，坚决执行政策是不可以讲条件的。

我开着车，在警察大叔的陪同与帮助下，去当天最后一个采样点把水样顺利地采上了。

正所谓隔行如隔山。一路上，警察大叔对我的工作很是好奇，尤其是对我这样一个女子更是好奇。为了简单让他理解我的工作，我就化繁为简地介绍，我是做三江源保护的科学家。虽然我知道自己离真正的科学家还早得很，说这句话心里还是有点颤巍巍，但是科学家求真务实、不怕艰辛的精神，我觉得我是完全具备的。在有限的时间里，要跟他简单普及一下水资源保护的知识，解释三江源保护的意义，我还是完全够格的。简短的介绍以后，他感慨地说，我一个年纪轻轻的小女娃子，为了工作东奔西跑，还这么负责又坚定地执行工作要求，真是不容易。所以他十分肯定地说，我的收入一定非常的高，不然，我这么拼命干啥？我就笑笑，也不做这方面过多的解释，我知道解释无用啊。越解释，他会越觉得我傻。

不过，无论怎样，我对他的热心相助真的是由衷地感谢！如果我真的一个人到采样点，从马路溜到水边，我至少要往返五趟。因为爬坡上坎的，徒手都会气喘吁吁，再搬设备，提水样，我这小力气只得蚂蚁搬家。有了警察大叔的帮助，我们一个来回，就在指定位置顺利采好了水样，完成全部规定内容。这一番操作，让警察大叔也觉得很有意思，一个劲儿地推荐自己完全可以胜任采样工作，下次就不用我亲自来了，只需要雇他就好了。我不好拒绝这样的热心，只好笑呵呵地答应了。

在我们返回到740卡口与小伙伴会合以后，我明确告诉警察大叔，我回去以后要给他们上级部门写一封表扬信！感谢他们为疫情防控坚持原则的同时，能够在原则之内服务群众。他高兴地接受了与我合影留念的请求。只是这表扬信，我组织了很久的语言，还不知如何完稿。

其实，我和我采样的小伙伴们都是对工作尽职尽责的人。因为，在我们会合前往玛曲的路上，大家开始讨论分析去玛曲的利弊。最后的结论是，前几天住玛曲的时候，亲见城里因为改造工程，到处都挖得稀巴烂，住宿印象也不好，不想去。另外一个理由是，当晚去了玛曲，第二天要去采样的地方依然要经过久治这个740卡口，那要等到第二天下午才能通行，在憋屈的县城里无所事事地等待，太折磨人了。再数一数我们的采样瓶，空瓶子所剩无几，第三天采完以后还要送回西宁，在这种情况下，一共就要耽误三天采样时间。一条又一条的理由，怎么想，到玛曲落脚都不是明智的决定。

这时的我，责任感爆棚，发扬一如既往的果断个性，提出了一个比较疯狂的建议："我们干脆直接杀回西宁，大概在凌晨2点可以到目的地。然后休整一下，第二天中午从西宁重新出发，既可以把等待的时间利用起来，也可以把水样送回实验室，总体只需要耽误一天。我知道出发这几天，小伙伴们勤奋工作，都很辛苦，但是想想平时收工吃饭以后，也是差不多到晚上12点才睡，600公里我们三个人换着开车，凌晨2点到达，应该也还在可承受范围内吧。"

就这样,我们又开启了这一波的 600 公里疯狂奔袭之路。久治,我们久而未至。

青山绿水见背影
2022 年 6 月 19 日摄于大仓水库采样

附：一封未寄出的表扬信

久治县新冠肺炎疫情防控处置工作指挥部：

这是一封迟来的表扬信。

我是西南大学水文与水资源专业的一名科研工作者，主要从事水资源保护研究工作。2022年6月19日下午，我和我的同事在途经久治县740疫情卡点时，因我们的核酸结果没有及时续上，同行的两位同事不满足前往久治方向的通行条件，但我们在距离该卡点10公里处有沙曲河采样点。经反复咨询该卡点工作人员的通行要求，确保核酸有效期余时不长的我可返回此卡点，经过我们的讨论，决定由符合通行条件的我独自驾车前往采样点开展相关工作。

在我一个人驾车通过该疫情卡点时，正在此处值班的党员先锋年龄最大的那位警察同志见我一个人带着仪器去采样，立即与该小队的另外两名队员商量后决定，主动要求陪同我一起去采样，以保证我的人身安全。在警察同志的帮助下，我顺利前往预定采样地点，完成相关工作。

久治县740疫情卡点临时党支部的同志恪守职责，在我们遵守疫情要求，出现工作困难的时候，他们积极作为，为我们的采样工作提供援手，让我们的采样工作如期保质完成。在我询问他们的姓名表达感谢时,他们只是挥挥手表示,他们就叫久治县 740 疫情卡点临时党支部。在此,我谨代表我们采样小队和我们的研究团队向久治县 740 疫情卡点全体工作人员的严谨认真工作作风表示赞扬!对久治县 740 疫情卡点临时党支部的党员同志热心服务的行为表示真心的感谢!

感谢人:西南大学龙老师
2022 年 12 月 5 日

无人机的快乐

在这次出发青海之前，受其他项目的启发，我决定带着无人机一起转高原。事实证明，这真是一个明智的决定！

例如，在玛曲黄河特大桥的采样点，这里临玛曲县城，跨黄河的大桥延绵两公里多，河面宽阔，还有江心岛，太阳才升起的时候，袅袅薄雾飘逸而来，要不是瑟瑟的河风，你一定会在这里停下脚步来欣赏，顺便沐浴初升旭日的光芒。但空中俯瞰是什么样子呢？于是，我搬出无人机，想把这一段晨雾中的黄河记录下来。同行的小伙伴儿一脸严肃地说，飞上去拍了景色，也得给他们留一个出镜路人甲的机会，圆一下演员的梦。所以，在无人机升空的时候，藏族霍哥在黄河边，手里拿着特别显眼的绿色的水瓢在那非常配合地舞动。活泼的人总会让画面变得生动和充满喜悦！

又比如，我们在黄河第一湾，工作任务挺重，肯定是没有时间进入景区去打望了。前面几次来这里采样的时候，每次就只能脑补，在网上搜一下图片过干瘾。而有无人机的好处是可以隔空望河。我可以在预定采样的地方，让飞机升空，打开放大镜去帮我看这黄河第一湾，而且还可以360度地看，拉近放远地看。虽然那一刻天气不是很好，没有想象中壮阔，可这也算是一种亲眼所见，还比在观景台更过瘾。

再比如，我们在塞尔曲采样的时候，阳光说来就来了。照在开满格桑花的草原上，漂亮得不要不要的。这时候，派无人机升空，不仅可以很直观地看到我们在塞尔曲的位置，还能从高处俯瞰阳光下的草原以及站在草原中看不到的宛如游蛇的河流。从450米的高空，俯瞰一望无际的草原，你才发现，原来这草原早被匍匐在内的弯弯曲曲的溪河划成了不同形状的抹茶蛋糕。在天然补光的作用下，空中视角折射出的那种美丽，触动心弦。恕我文字无功，确难形容。我只知道，同行的小伙伴儿从无人机的镜头里，现场看到草原上的河流静静流淌的镜头，一脸兴奋。以至于在无人机观光结束，返程离地面还有100米的时候，他们俩就开始很配合地释放出热情，挥手呼喊："快回来吧！我们等你很久啦！"

这俨如孩童般的简单快乐，笑得我弯了腰！还没等我弯腰起来继续下降，藏族霍哥直接在草地上扭起了锅庄大秧歌！热情好客的民族个性彰显无遗。给我们这苦行僧一样的工作带来了不少的欢声笑语。

还有在扎曲河的时候，我们在地面只能看到浑红的河水，当我把无人机派上高空才发现，就在我们所在位置上游不远处，有一条清澈的支流汇入。大拐弯的扎曲河坦然地将银色玉带般迤逦而来的支流吞噬，在阳光下熠熠生辉。

实际上，我只是出于工作习惯，想用无人机记录下我们工作的一些地点，一是给自己的行程留个纪念，好给老家的孩儿们带回去一些只属于我自己的记录；二是在今后的教学过程中，可以多一些自己亲手完成的素材。没有想到，在这个记录的过程中，给同行的小伙伴们也能带来快乐。以至于在有些点，我都没有想要拍一下，他们都会积极地提醒我："这里要不要记录一下？"或者故意说，"龙老师，这里这么好，你居然都不飞一下？！"每当这时，我都会觉得这两位小伙伴特别地温暖和可爱。

　　这个经历告诉我，充实了自己，快乐了大家的英明决定，真是值得夸赞呢！

泾渭分明扎曲河
2022 年 6 月 23 日无人机摄于扎曲河大桥

多变的曲什安河

下午 5 点到了今天的目的地兴海县。勤劳爱工作的我们一致认为，这个时间节点收工，有点对不起还有四小时才天黑的天气。看了地图，最近的采样点往返加上干活三小时差不多，这样收工就是完美的一天了。于是，我们决定提前去曲什安河采样。

曲什安河汇入黄河口，在曲什安镇。地图显示，从兴海县城出发到曲什安镇的莫多水库，大约 65 公里的车程。其中，兴海县到曲什安镇的 50 公里是 573 国道，新修的草油路，路况很好。在曲什安镇沿曲什安河向上游走，7.3 公里直线距离 15 公里车程的位置，有一个库容 1.7 亿立方米的大（二）型水库①——莫多水库。从地图上看，库区周边应该都是荒漠化或者半荒漠化草地。

我们沿 573 国道到了曲什安河口的时候，一路过渡，两岸的山体和兴海县城周边又略不相同。这里的地质地貌以砂砾岩为主，在长期的风蚀和雨蚀下，形成了颇有特色的沟壑

---

① 大（二）型水库：专业名称，指水库大小的级别。水库库容在总库容 1 亿—10 亿立方米的为大（二）型水库。

峰林。

事实上，我们出发经过唐乃亥乡，还没到卡力岗村的时候，就远远地望见了黄河这一段左岸这些形状各异、造型独特的峰林。只是离得很远的时候，看见的是整体的风貌，感觉颇具特色，立体感非常强，甚是引人注意。对其具体的组成，植被的优势特征知之甚少。当我们到了曲什安河口的时候，几乎就在这些峰林的跟前了。看着满眼的砂砾石山体，对河口上游的水库好奇心更加强烈了。更何况我们脚下崭新的路面，熠熠生辉，似乎在不停地召唤我们，快去看看吧，快去见识见识这特别的水库吧。

默契让我们迅速向莫多水库出发。从山脚向目的地沿公路盘旋转了几圈以后，在两个山头的豁口，豁然开朗的视野吸引了我们。我忍不住直呼停车。骆驼王师傅立即在安全地带把车停下来。我们迫不及待地跳下车，去观望刚才在河对岸走过的区域。真是不看不知道，一看走不掉！

目之所及，从左到右，从上游到下游，放眼望去，是黄河右岸的沟间地的宜耕区域，一片绿油油，那是我们路过时看见的正在分叶期的小麦和刚刚开花的蚕豆，间插着的方块黄色，是正在盛开的油菜田。一条宽阔而径直的灰色地沟不和谐地从山脚迤逦串到黄河岸边，平时都是干枯河床，河床上大量的乱石昭示着它是山洪发生时的汇水通道，这是牧羊曲。再近一点就是滔滔黄河水，泛着土黄色，滚滚折转而去。再近至眼皮子底下，刚才在远处看见的那些美景瞬间就吓没了。如果说之前在国道上看见的这些林立的峰林，3D立体感让人忍不住感叹大自然的鬼斧神工，可此刻站在这些峰林的头顶上，望着脚下上百米的兀直的沟壑，那 5D 的立体感，直让恐高的我忍不住瑟瑟发抖。可是，这样千百年耸立成形的奇观，是大自然的鬼斧神工，错过欣赏岂不是可惜？

就这样，我一边尖叫着害怕，一边还是忍不住小心翼翼地趴下去要望一望，一边心里还在想着尖叫的回声不会把这些砂砾石的石柱山给吼塌了吧？我匍匐在路沿的栏杆石上，对每一束砾石小峰都瞧了瞧。眩晕让我没敢久视，但看完爬起来双腿依然在不自觉地发抖。依旧完好的峰林，安静地矗立着，由此证明我确实没有练就什么河东狮吼的功力，不过就是比一般人多一点唱《青藏高原》的底气而已……

曲什安峰林之背望
2022 年 6 月 20 日摄于卡兴公路

从曲什安河往上游方向走大概 12 公里，就到了莫多水库的分道口。从这里前往水库大坝的路，大概有 3 公里，只有一条全部都是山体崩落形成的天然砾石路，全部都是沿着山体绕着河沟走。好在这一刻天气很好，不会下雨，我们只需要沿着别人留下的车辙，一个劲儿地往前冲就好了。拐了十几个弯，海拔高度下降了接近 400 米，我们总算在沿着水库来路的这条支流汇合口摸到了水库岸边。在这种砂砾石山体为主的山地，地表持水性差，松散砾石不具备阻水作用，因此，能够遇到的各种支流基本上都是季节性河流。只有下大雨的时候，来不及渗入地下的径流会汇集成洪水，它们沿着低洼处汹涌，这河道才会有水。站在这样干涸的河床里，望着从山间夹缝里蜿蜒挺来的河沟里散乱的卵石，想一下大雨倾盆的时候，迅猛水流所掀起的这一浪又一浪的洪水，再抬头看看这些垂直的崖壁，会让人忍不住感慨，天工之巧，自然之岖，沟壑之险，水利工程建设之艰辛。

这种深切型的天然河道，直白地彰显着大自然的鬼斧神工，山体在洪水作用下，垂直下切形成数十米甚至上百米的垂直剖面。渺小的我们站在那里，深感不安，甚至会忍不住担心，这兀直的山体会不会忽然发疯，出现裂变。当然，几万年的历史告诉我，这种不专业的担心，在正常的青天白日里是无理瞎想而已。

尽管我很想在这数不完的砾石堆里扒拉点啥，但终究还是在落日的召唤下不舍地放弃，启程前往下一个点。

在上坡的过程中，为减少砂砾石路打滑，骆驼王师傅开足马力，仅仅用了半小时就从莫多水库岸边冲到了 15 公里外的黄河岸边——卡力岗大桥，这里有一个黄河干流的采样点。这一段黄河河道狭窄，基岩出露，水量充沛，流速湍急，用毫不在意的执着方式，狂放不羁地冲刷着岸边。在卡力岗这一段，别看岸上都是数不尽的砂砾石山体，可袒露出来的河床基岩，却既有分层很薄的青灰色页岩，也有裂隙发达的玄武岩，全然不同于其他河段。黄河流淌到 25 公里以外的下游唐乃亥乡，河床就逐渐演变得十分宽阔，可达几百米。基床表面组成则以砂砾石为主，有一小段几乎都要断流了。转过唐乃亥特大桥，在唐乃亥水文站上游一两公里的地方，水量却又丰沛起来，但卡力岗上演的那种嘻嘻哈哈奔流的豪放却在这里演变成了默默前行。微微混浊的河水含沙量以肉眼可见的差异昭示着这一段的水土流失。这一段应该是典型的地表水和地下河交替的河段，在整个黄河上游，也不多见。而我们却"糊里糊涂"地就遇见了黄河这相当有特色的多变个性。

直到晚上 9 点，天边的最后一抹云彩才不见了踪影，整个天空开始暗淡起来。9 点一刻，我们才回到兴海县城。按照就近原则，我们决定在宾馆旁边的东乡手抓吃晚饭。事实上，在看到隔壁家饭馆门口的烤羊肉串，我的双脚是不情愿地挪进东乡手抓饭馆的。只是下午的时候，藏族霍哥在看见这边成群的羊群时就多次流露出对手抓的想念，辛苦一天，满足他们的小愿望，犒劳一下大家也是应该的。

在青海，清真餐馆的饮食习惯是餐前一定会泡茶。这一家餐馆老板改进了以往一人一包定量标配的泡茶方式，而是端了一盒子三炮台的原材料，让客人根据个人喜欢选择配料多少，真是值得点赞！这种人性化的泡茶方式，是我喜欢的接地气的态度！只是几分钟以后端上桌的炕手抓，让我们的晚饭有那么一点点的尴尬。这应该是我 20 年来吃的印象最深刻的羊肉，没有之一。哪怕是曾经尝试的滚水羊肉，似乎也要略逊一筹了。比如，藏族霍哥把一块看着非常美味的羊排夹到盘子里享用的时候，筷子与嘴不和谐的搭档，让到嘴的羊肉不听使唤地蹦跶到了桌子上，连带把盘子也惹得哐当一跳。小小的尴尬，让我不禁又想起今天傍晚时，我们在卡力岗采样的时候，他在岸边嘚瑟，然后一脚踩空掉进黄河里湿了鞋，返程的路上，悄悄把鞋子挂在车窗外面风干，我倍感狼狈的时候，他却开心地唱着他最喜欢的《兰花花》，我忍不住笑了起来。可在这种严肃的清真餐馆，我是不敢放肆地释放笑声的，只能张着嘴巴，默默地笑哭了……我真的是太难了。

相比于藏族霍哥率直的可爱和客户至上的服务态度，同行的伙伴骆驼王师傅，虽然年龄最长，但这家伙踏实认真，勤奋好学的态度，一直让我感动和备受鼓舞。可是，你如果以为他就只会严肃认真就错了。比如对曲什安这一路新见的水文特征、地质地貌和生态环境，他在谦虚请教的同时，也会冷不丁地来一句幽默的评价，也算是我们一路上独具一格的风景了。

野牛沟的落水狗

这是这一趟工作过程中第二次成落水狗了。

中午在花石峡镇吃完饭，沿着 214 国道向玉树方向一路采样前行。在到达苦海采样点的时候，就看见远远的天边起了黑云，摸索着到星星海采样时，黑云越来越近，随时都可能掉下来。我趁黑云飘到我们头顶之前，抓紧时间把无人机派上天空，把这一片与黄河干流相连的湖泊都拍了一下，以弥补地图上无法辨别的缺陷。不过，由于与黄河干流的距离太远，地图上标识的黄河干流并没有在无人机镜头里看见。哪怕是拿着望远镜，也还是没看清楚，只能隐约感觉到似乎在山脚那边有一条比较宽阔的河。但是在空中看起来，这些镜子一样的水面，星罗棋布，数量之多，远超出我们站在公路上、湖岸边看到的样子。

眼看着黑云离我们越来越近，不想成为落汤鸡的我们，铆足劲儿往前冲的四个轮子还是没能跑过这些雨云。我们还在"哼哧哼哧"地翻越野牛沟垭口的时候，挡风玻璃上的印子就开始告诉我们，豆子一样的雨滴开始洒下来了。等我们拐到共玉高速倒塌的野牛沟大桥旁边时，雨滴已经演变成冰水混合物，"啪啪啪"地拍在挡风玻璃上 。如果停下雨刮，不需要一分钟，窗外就会因为这些冰碴子的阻挡，眼睛里只有模糊一片，啥也看不见。

按照计划，我们在野牛沟有两个采样点。来一次不容易，逃跑不是我的风格。所以我们选择把车停在国道的临时停车港湾，打算等这一阵暴雨过去了再去采样。七八分钟之后，雨点像变魔法一样，瞬间就无影无踪了。但呼啸的风，顺着河谷，更加地狂冷，像舞动旗帜一般把我们头顶那些低矮的黑云尽情地撩拨到山的那边。正所谓拨云见日，大概也不过如此吧。

按照上次采样定的坐标，我们打算依然把车开到国道旁边的支路上干活。但是，车头掉下去才发现，雨季的路面凹凸不平，行车相当有挑战性，我很担心会不会陷下去。2021年是把车开过了高压线铁塔，然后下到湖边采样的。而今汛期湖里水位上涨了不少——水已经涨到铁塔脚下。刚刚下过雨的天气，撩云拨雾的天边还在随机播放着电闪，出于安全考虑，胆小的我建议把车停在离铁塔大概150米的地方，然后我们拿着采样工具徒步到湖边采样。

在这刚步入春天的草原上，几乎看不到任何可以表征空气迅速流通的参照物，若不亲自置身其中，你是无法体会那种车上车下状态秒变的滋味儿。简而言之就是"美妙"极了。我打开车门那一瞬，呼啸的妖风立即给了我一个下马威，似是伸出一双隐形大手，递我一个大花卷，把没防备的我直击了一个趔趄，幸好我长得胖，只是晃了几下，最后还是站稳了。而藏族霍哥就没那么幸运了，他伸手准备把采水样的桶放地上，然后转过身去拿采样瓶，就在转身的瞬间，水桶没有落在地上，而是"嗖"的一下水桶的把手被妖风卸掉了,将水桶卷到了水里,只留下他手里没夺走的把手。藏族霍哥惊呆了,直到水桶滚到水里他才反应过来自己被妖风袭击了,然后才发出一阵故意的怪叫。

我裹好冲锋衣,鸭舌帽外面盖着冲锋衣帽子,捂着口罩,戴上墨镜,横着风艰难地向水边前进。刚才还没进入这雨云旋涡的时候,天气很好就不提了,至少冲锋衣是完全满足保温需求的。可此刻的妖风,虽然没把胖乎乎的我掀翻,我也没占到什么便宜。比如,下车那一刻我就觉得我的裤子不见了,衣服好像也没有袖子了,寒风刺骨还妖娆。这妖风,真是恶狠狠啊!分分钟把我调戏得哆哆嗦嗦!趔趄难行的我三分钟就搞完我的分工,几乎是连滚带爬地躲回车里。骆驼王师傅和藏族霍哥底盘就比我稳定多了,只见他们俩裹着防风衣,稳稳地站在那里测数据,和平时一样有条不紊地装水样,要不是顶着风的衣服被撕拉得呼呼作响,你都不会觉得旷野里有如此的风声。看着他们敬业的样子,我为自己害怕被吹飞而丢下他们早早躲回车里感到羞愧。

尽管我在旷野的湖边现场只待了三分钟,就因为受不了这妖风而躲进了车里,但此刻回想起来,依然会忍不住头皮发麻。上一次留下无限遐想的黄昏和这般天气比起来,真的是风云变幻,气候莫测。想想那些驻扎在这样恶劣条件下的建设队伍,完成工作是多么的艰辛啊!

为了尽快摆脱这雨云和妖风,我们忍耐着这样的待遇,速速装好水样,一张多余的照片都没有拍,就抓紧时间毫不留恋地溜掉了。

囊谦之石

6月22日早上7点半我们集合准备去找早餐。结果当天玉树城里中考考试,有早饭那条街封闭不能通行,然后我们在城里转了小半圈也没找到其他正在营业的早餐店。好不容易碰见一家,老板说8点半才有早餐……想到当天任务比较重,我们决定到170公里外的囊谦县再吃饭。

囊谦县属于三江源流域里面的澜沧江流域,是澜沧江上游的第二个行政县。对外交通只有214国道。一头连着玉树市,另外一头通往昌都市。与214国道相伴随的是澜沧江上游比较大的一条支流孜曲河。一路高山草甸和高山草原交相出现,还有若干的第四纪冰川消融后秃噜的冰蚀地貌。这样简单的交通,让我们在这边采样后,还得沿214国道向玉树方向返回,转到345国道才能去杂多县。

不得不说,今天囊谦的天气非常不错。从早上出发到下午5点钟,一直都是晴天。但这好到爆的天气,澜沧江干流的河水也非常配合,每一个采样点的浊度都是爆表的。囊谦段澜沧江的水比前几天在黄河看见的水混浊多了。不,它们还很不一样。黄河的水是黄土的浑黄,而澜沧江的水是紫色土的浊红。至少这一路走来,黄河测过的干流断面还没有遇到浊度爆表的，而澜沧江的干流断面则没有遇到浊度可测的。一种是青绿色的，我拿不准是不是辉绿岩，又或者更发育一点的火山变质岩。它们统统摸起来很润，用玻璃片在剖面上切割也没有划痕的岩石，因为个头小，没有看到人为剖开断面，只有因为天然磨砺展现的断面。另外一种，表面是焦黑色，在太阳底下闪光，断开以后的剖面是灰黑色，既有点像角闪石，又有点像礁石，也有可能是黑曜石。我的水平还无法准确地判断它们究竟是啥石头。只是觉得这两种石头比四处可见的其他常见岩石有个性，更难得一见。于是，采样的空隙，我在河滩上稀里哗啦地挑了一堆上眼的。

最有意思的一块，整体浅绿色，表面积大概上下15厘米，左右十七八厘米。表面上的两条异色沉积相①将整体布局一分为三。最下面的表面比较简单，只有几条简单的线条，稀稀落落，有点像草原上的那些突兀而长的野草。中间一层就比较有意思了。一眼扫过，就像一幅山体风景画，有兀立的岩体，有纵穿而过的河流，还有正在随风舞动的森林。非常具有动感。最上面一层，整体比下面两层要宽两厘米，就像一朵漂浮的云彩，停留在中间这层山水画的头顶，又有点像一坨出锅不久的棉花糖，蓬松地飘在那里。要是放在基座上，或者下部置于水中，欣赏把玩，挺让人赏心悦目的。

澜沧江在囊谦段沿岸的基岩出露非常普遍，地形落差也

---

① 沉积相：沉积物的生成环境、生成条件和其特征的总和。成分相同的岩石组成同一种相，在同一地理区的组成同一组。沉积相主要分为陆相、海陆过渡相和海相，主要取决于这些岩石的生成环境。所以可以表述为两条异色沉积相。

很大，那湍急而混浊的流水，释放着浮躁，而不像黄河和长江源头的流水，具有一种包容和温柔。无论是在落差较大，形成滚滚漩涡的地方，还是在迅速奔流的平直段，在河边多观望一会儿，心里便会涌上一种急躁。而岸边既像隐藏又像随意散落的这些青绿色石头发出的捉迷藏的信号，似乎又可以拂去这种浮躁，并给予充分的安慰。

我会一直惦记你们！

扎曲河的峡口
2022 年 6 月 22 日摄于当日村

四季轮播的 308 省道

今天的任务是把杂多县城边的样点采完，然后沿着省道 308 采样，最终目的地是治多县。这一路的四季轮播，颇有特色。

朝霞觅挚石

不到 8 点，我们就出发先去澜沧江支流沙曲汇合口下游采样。此刻朝霞已经伴着初升的红日把整个县城都照得金灿灿的。光线几乎要亮瞎人的双眼，气温升高的速度感觉要把我们做成粉蒸肉。但是，这样的阳光，又让人感觉很舒服，会让人情不自禁地流露出特别美妙的心情。尤其是，这个混浊的澜沧江沿岸摆放着与黄河长江不一样的特色。

在沙曲汇入澜沧江河口下游大概十公里的河岸边，有几处索道过江的码头。这一次，没有遇见有人通过索道过江。也许是太早了，没有遇上他们的出行时间。不过，在这个采样点倒是收获了惊喜。

记得上一次来这里采样，捡了一块火山玻璃，黑得发亮，还带磁性，稀奇得很。这次，更是巧了，我刚刚走到河边，低头一看，一块黑亮亮的火山玻璃就在脚下！我以迅雷不及掩耳之势将它收入兜里，生怕一不留神就会跑掉。嗨！真是没出息的家伙！找到稀奇的东西立即就高兴得不得了，一点都不稳重。我就揣着这块玻璃，耐着性子，把现场要记的数据都记好，然后迫不及待地就开始在河滩上猫着腰，低头寻觅宝贝。

不知道是上次不记得怎么寻觅，还是这次运气特别好的缘故，几分钟以后我就找到四五块一样质地的岩石，只是个头比刚才那个小多了，只有大拇指头那么点。每一块都黑亮亮的，被河水冲刷得特别光滑，拿在手里感觉沉甸甸的，很舒服。然后我还看见河滩上有几块大约 20 厘米长短的比较类似

晨雾环山
2022 年 6 月 23 日摄于沙锐能

的岩石，只是表面没有那么黑，也没有那么光滑，掂在手里一样沉甸甸的，敲击起来有清脆的击打铁块的声音。嗯，想了又想，还是拿不准这是啥石头。要是《普通地质学》带在手上，是不是就可以解决这个问题了？只可惜，我既没有带这本书，这个采样点手机也没有信号。那就凭着自己的喜欢，把相中的都搬到车上，等有信号的时候再来识别吧。

寻石头很有意思，可是不能无止境地寻找，还得给别人留点惊喜，给自己留点念想。

晨起遇虔徒

在沙曲河汇合口上游四公里的采样点，我们碰见了一位一路朝拜去拉萨的年轻人。我们因为要把车停在他的面包车旁边，把正窝在车里等着早饭烧好的他打扰了。他从车上下来，好奇地看着我们。藏族霍哥热情地用青海话跟他打招呼，说我们去采个水样，把车停旁边一会儿。他摇晃着晒得比古铜色还古铜色的头，微笑着说没问题。

实际上，我们早上从杂多出发，在沙曲下游的时候，就有在路上看见他，我还特意瞅了瞅。几乎没有什么行人的马路边，大清早，一个古铜色皮肤，穿着一条白色长围裙的小伙子，就那样甩手走在马路上，这特别的风景，谁会不留下印象呢？所以，在我们采完样回来又打扰他的时候，我直接说："刚才我们在路上看见正在走路的是不是你？"他很随和地回答，那是他磕完头正在返回座驾的路上。

经过简短的交谈，困惑我很多年的问题终于得到了答案。

以前也看见沿路磕头朝圣的人，但是一直很好奇他们是怎么解决吃饭睡觉这个问题的。原来，他们一般都有一辆给养车，每磕头一段距离，就步行返回接上给养车，然后到达上一次磕头暂停的位置，再下来向着朝圣终点继续磕头前行，如此往复。这个过程，需要绝对的虔诚，坚定与坚持。

今天遇见的小伙子是从果洛州出发前往拉萨，他每天的行程也就七八公里。按照这个速度，他说他还需要 5 个月才能到达西藏拉萨。现在已经是 6 月下旬了，接下来这两个月，天气变化多端，不仅有暴晒暴雨，也有狂风怒号；9 月天气就会变得寒冷，想想这一路的考验，真的是要无比的坚持坚定和虔诚才能做到风雨无阻，并且承受至少半年的考验。看着他晒得古铜色的脸，还有额头上因为磕头已经起来的鹌鹑蛋一样大小的老茧，以及一头卷曲如佛的头发，真是非常地敬佩。这样的外貌，就是他一路走来的见证。

我不由得感慨，如果我们每个人干工作，都有这样的执念去克服各种困难，也是一定可以干得非常漂亮的！

风云突变遭冰雨

沿省道 308 向治多县出发，经过杂多县和治多县的交界处以后，路况就跳了一个频道。治多县这段公路从杂多县的平整草油路切换到只有垫层路基的毛路。从沿途情况看，尚且看不出要进行硬化建设的迹象。并且这个路基，在 2021 年 9 月我们经过的时候就已经是平整结束，那时候以为很快就可以铺上草油路。只可惜，这大半年过去了，砂砾石铺平的路基，在经过一个冬季雨雪的洗礼，现在已经是坑坑洼洼，十分不平整。所以，这一路，我们彻底享受了商场里卖的那一款震动减肥机的同等效果。与此同时，我们还享受了倾尽所有与大自然融为一体的美好时光。因为这一路，手机信号条全都是×。短暂失联，与外界隔绝，无人骚扰，只需要全身心投入震动摇晃模式里，释放贪婪的眼光去尽情收揽一路的山川与河流特色，感受春天的气息。在这个信息流爆炸的时代，是多么的潇洒。

　　由于出发前忘记这条公路路况不好，也没准备午饭，只能在杂多加油时候，我趁空去买了一个西瓜和几个桃子。这还是五天以来，第一次在水果店开门情况下买到了水果。一路颠簸，行到那备弄山谷的时候，已经是下午 2 点，我们决定就在这山脚下驻车野餐。在草地上席地而坐，低头有青草的芬芳，抬头有尚未消融的雪景，顺带把西瓜劈开，权当午饭，多么幸福。

　　事实上，这里还残存着一点冰川，包括河谷的背风位置和山腰以上的深沟里。可能是路没修好，这条路过往的车辆很少，起码，我们休息了半小时，一辆车也没遇见。所以，西瓜下肚了，雪山也近距离欣赏了，而目的地还在远方，要继续启程了。

　　穿过那备弄山谷以后，刚才的蓝天白云消失不见，又开始一天一次的下雨时段了。我们也需要翻越日阿东拉垭口。这是这一次行程里翻越的标志牌里标注的海拔最高的垭口了，海拔 5002 米。所以，即便下雨了，我还是特意在这里停了一下，在那个标识牌脚下请藏族霍哥帮我拍了一张照片，一张下着雨的瓜兮兮的照片。不过这也没办法。这一趟出来，不知道是不是因为气压变化，感觉自己的脸已经圆鼓鼓的，不忍直视了。比这更不忍直视的是，翻过日阿东拉垭口，我们发现这一面山谷刚刚下完冰雨。路面上还淌着冰水混合物，山体上、草丛里到处都是白皑皑的。不过，这些白看起来有点让人忍不住去猜想，这些是之前还未融化的积雪呢？还是刚刚才下的冰雨或者冰雹？可能是这一路的颠簸严重影响了智商，我猜不出来。还好，山上的雪白一直持续到扎青乡，这里的路又是平整的草油路，让我感觉到路途安全多了。我迫不及待地招呼骆驼王师傅把车停下，跑到草地上去仔细地看了又看这些散落的白色。然后，我充分肯定这些都是昨天或者今天上午飘落而至的雨雪，并且只有挡风口的山体上暂时积下了这些，一定不是藏族霍哥认为的这个冬天以来积存的未融的冰层。春天的冰雪，会随着阳光的重新出现和呼啸的山风，很快消失无影。

　　终于在傍晚 7 点半，我们顺利到达治多县。赞叹这一路的风景太美了！

日阿东拉垭口 2022 年 6 月 23 日摄

高原冰盖

大冰盖是高原上独有的山体风景。它们广泛分布于各系山脉之上。分界线一般在海拔 3500 米左右。

根据地质形成历史,在第四纪大冰期,由于寒冷气候带向中低纬度地区迁移,在高纬度地区和山地广泛发育了冰盖和冰川。这个形成阶段从距今大约 200 万—300 万年前持续到距今 1 万—2 万年前。其后,一直到 1.65 万年前,全球的冰川开始融化,大约在 1 万年前大理亚冰期(相当于欧洲的武木亚冰期)消退,北半球各大陆的气候带分布和气候条件基本上形成现代气候的特点。

根据专家学者的考证研究,第四纪大冰期比前两次时间要短,现在的气候也比历史上很多时期要寒冷,因此第四纪大冰期的冰川运动虽然暂时结束了,但是第四纪大冰期并未结束,一般认为现在的地球正处于间冰期。正因为如此,我才能在这一次次的采样工作过程中,翻越一座座山的时候,看到一串又一串的秃着头顶的山体,从最初的震撼和难过中,我逐渐地理解和接受了。

这个过程还有一个小小的插曲。说起来也是十分惭愧。

我在大学时候,就有修学"地质地貌学""自然地理学"

和"普通地质学"这几门课。但是,大学之后,只见过砂岩、泥岩、页岩和紫色土的我,对这几门课实习实践不多,基本上是半懂不懂,云里雾里。这几门课综合实习,唯一印象深刻的就是带了锤子和罗盘去爬山,爬的什么山?全然还给我们敬爱的王教授了。看到了哪些石头,也毫无印象。只记得的时间大概是初冬,我们爬到海拔 2700 米左右,多黄土,植被基本上都变黄了,一片苍凉。但是我很确定我没有见到这种冰盖褪去以后的秃噜山顶。于是,在愚笨地搜索不成的情况下,向同窗好友请教。对方很惊讶地说:"这是我们干资源环境这一行最基本的认知。你咋不知道?"我厚脸皮地说:"嗨,我搞水的,

日阿东拉的冰盖
2022 年 6 月 23 日摄于 S224 沿途

一直以为不需要认识这些。平时也见不着,哪里能够认识。"说得自己好像还挺有道理,把好友撑得无语凝噎。明知自愧,还要厚脸皮去强词夺理,也真是没谁了。

不管怎么样,这些山地冰川受地形限制,与周围基岩接触面大,造成的冰蚀地貌类型众多,有明显的垂直分带和水平分带。在冰川纵剖面上,从山体中心到冰川外围,依次为角峰—冰斗—冰坎—羊背石—磨光面—底碛平原或丘陵—终碛垄—冰水扇;在横剖面上,从高到低依次为刃脊—槽谷肩—冰蚀崖—侧碛垄—冰床(底碛平原或丘陵)。按照这样的层级次第,我在每遇见一串冰蚀地貌的时候,就会忍不住对照名词去对号入座。这样的作用有两个,一是对已经遗忘的功课重新温习和见习,二是弥补内心对这些秃噜山顶的怜惜疼痛感。因为内心柔软的人,在看见这些与低处草原不和谐的赤裸时,总会忍不住难过。

一路走来,印象最深刻的高原冰盖,当数沿着省道 224 从杂多县前往治多县的沿途了。

从杂多县出发,过了吉乃村以后,这条路就折向沿着布当曲的入河口逆流而上,沿途都是高山槽谷地貌。槽谷里除了奔腾而去的布当曲,河岸带随着海拔的升高,依次有高山草原、高山草甸、草原草甸多种地貌。槽谷边界则是隆起的山头次第而来。这些山头,山顶部分多数都是光秃秃的岩石,只不过有的是灰白花岗岩为主,有的是赤红色岩浆岩为主。当海拔高度从杂多县的 4000 米一路攀升,翻过雅迪群山,快进入海拔 4700 米的**那备弄沟**的时候,眼前看到的那些裸露的山尖也已渐渐有了积雪的覆盖。甚至在雪迹线退化严重的山头,从槽谷到山顶依次是山前草地、山前松散的堆砌物、裸状岩石和积雪覆盖的山顶。这一段的冰盖就能被清晰地辨认了，尤其是在翻越日阿东拉垭口这一段尤其明显。

我们的车在平整后尚未硬化的路基上颠簸前行，弯弯绕绕，目之所及都是瘦削的冰盖林立。这些突兀得随时都可能掉下来的岩石，在阴沉天气的映衬下，让日阿东拉垭口那块写着海拔 5002 米的标志牌显得特别的孤独。原本想要在这里再来一次高原一跃，可这天气，着实让人高兴不起来，只得作罢。

我用随身携带的相机拍摄了很多沿途冰川退化后光秃秃的山尖照片，包括玛多至鄂陵湖的黄河沿岸、鄂陵湖、扎陵湖以南、星星海周遭、巴颜喀拉山北麓、**那备弄山谷**等等。但碍于我这自学不成才的摄影技术，总感觉没有很好地表达出我想要记录和表达的情愫。也许，这是为了让我能在今后的某一天，更加近距离地去感受它们吧。

索加乡的春天

索加乡的春天刚刚开始。

犹记得 2021 年前往索加乡的时候，省道 224 还在修路基，一路坑坑洼洼，颠簸得脑花儿都要散了。今天为了能够顺利完成采样任务，我们考虑路途上可能的不利因素，早上 6 点半就从治多县城出发了。

一路草油路行到扎河乡，我们都一直在好奇地讨论 109 国道岔口到索加乡的路究竟修成什么样了。结果，到达的时候，我们惊喜地发现这里只剩下最后一道铺装路面的工序了。甚至有的路段已经铺好，平整又畅通。那种畅行无阻的感觉，真的是别提多舒坦。藏族霍哥开心得不停地唱《兰花花》。

这只是索加乡连接唐古拉山和扎河乡最基本的一步。而我们到了索加乡以后，我明显感觉到 2022 年和 2021 年还是有很多的不同。比如有了餐馆，也有了商店，更重要的是，小学修好了。孩子们可以在干净敞亮的教室里学习了。但这还不够，因为我们过了扎河乡以后，我们三个人的手机依然全部挂机了。而且从扎河乡到索加乡，全程一直挂机。最为神奇的地方是，这路上好像也有能蹭信号的地方。早上去的时候，晴空白云，手机安然挂机。返程路上，乌云密布，偶尔还可以蹭到几十秒的信号。不过这信号很弱，仅仅能够支持接收几条信息。最终还是回到扎河乡，手机才像着了魔一样，震动了好一阵……

海拔 4300 米的索加乡，广阔的草原还是一片蜡黄，它们才开始若隐若现地冒出青草。而这里的发展，就如同这些草地一样，才刚刚开始。省道 224 完工后，它们一定会驶入不一样的春天。

也许，下一次再来，索加乡会更美。索加乡，注定是我所有行程里值得铭记的地方。

长江源的瑰宝。

2022 年 6 月 24 日摄于洛德玛冒茸曲

高原堵牛

话说,人在高原走,哪有不堵牛?所以,这一路走来,一天下来遇上堵牛的次数要是少于四五六七次,那就确实不够意思。

当然,堵牛堵多了,也可以划分出几种不同的状态与心境,给一路草原的行程,增添一点乐趣。我们从玉树出发,准备前往达日。据说经由石渠县的话,可以经过太阳部落,沿途可能会碰见草原狼。这种偶遇可能性倒是挺让人充满期待的。

不过,省道217这条路,沿途经过的牧区较多,居民村镇相对来讲也比前几天的多,所以遇上堵牛的次数算是最多的了。看着这些悠然慢行的牛群,我忽然觉得总结一下这些堵牛事件,也蛮有意思的。我想了想,这堵牛的状态可以分为三种类型。

一是按照遇见的牦牛反应。这个反应表现出强烈的地域差异。比如,在黄河流域遇见的堵牛事件,基本上就是属于对牛弹琴类。无论你是按喇叭,还是开窗吆喝,成年的牦牛都稳如洪钟,按照自己的步调,优哉游哉地行走在马路上,看都不看一眼,完全不管这个世界上还有让路一词。而小牛崽则紧紧地贴着自己的家长,虽慌却故作镇定地保持在队伍里。遇到此种情况，只有忘记时间，尽情欣赏这些牦牛。它们总有在马路上走腻烦而让路的时候。但是在澜沧江流域遇到的牦牛，就比较地警觉。过往车辆起码还有 20 米到达牛群时，它们就明显地表现出接收到有车即将通过的信号。先是沿着声音传来的方向回望，然后撅起蹄子就开始撒欢一样地跑到马路边上去。遇到调皮的牦牛，还会翘起尾巴，得意扬扬地狂奔一气。无论老少，都是这一副德行。此种情况，当然就比较欢乐了，不仅可以驱逐驾驶疲劳，还能勾起聊天话题，实在是解乏解闷良方。

二是按牦牛面部的表情分。人有千张脸，牛有万双眼。无论哪里的牦牛，动作快还是慢，同一个牛群里总会有不同的表情。当然，这些表情主要还是从眼睛里流露出来。有的牦牛走路，眼睛呆滞，没有任何表情，就连跟着队伍，也如走尸一般；有的牦牛走路，眼睛紧跟着领头的，东跑西窜；还有的牦牛走路，满眼认真，时刻紧顾着自己的安全。偶尔遇见一两头会卖萌的，眨巴着眼睛，水灵灵的，透着惹人喜爱的灵光。只可惜我不会画画，否则，我一定回去酝酿画一幅万牛散步图，以示留念。

三是按牦牛的年龄分。遇到几乎全是成年牛群的时候，通行速度是最慢的。因为我时常感觉它们身上映射出来的信息是，"此路为我在，尔等靠后来"。当牛群以母牛居多，还携带小牛崽时，通行是最欢快的。因为这些小牛才出生不久，浑身上下都很干净，毛色滋润，走路还一蹦一跳的，煞是可爱。当它们故作镇定地与车身擦过时，我能感受到一种带着惊慌的萌。此刻，就算再急着想要赶路，也会因为它们的这些反应而淡定下来，耐心等待它们退至安全区域。甚至有时候，看见它们萌萌地蹦跶着跑离马路，我还忍不住要伸出头去再多望几眼，满眼都是一副依依不舍的样子。

总归起来，堵牛，在人烟稀少的荒芜大地上，实际上也是一件快乐的事。

公路上的牛群
2022 年 6 月 18 日摄于唐克镇

达日印象

达日，传说是这边第一面五星红旗升起的地方。我们应该心怀崇敬。不过，对我来说，这远不够。因为这里是所有行程里唯一一个每次都五行带水的地方，总让人那么难忘。因为每一次，我们都跟搞地下工作一样，夜半摸黑进城。因为每一次，我们都是带着夜雨奔袭而来，披着朝霞悠然而去。

犹记得，第一次说要来达日，负责开车的杨师傅说："你这低海拔来的年轻人，这么弱不禁风，达日县城海拔高度超过了4000米，最好不要住在那边。否则，极有可能会在夜里发生高原反应，而一般出现高原反应后果都很严重，必须当日进出。"吓得我把来青海之前做的功课全都忘光光了。

对高海拔地区的环境能不能适应，对于第一次上高原的我当然是不确定的。但是反复看了自己的工作安排和周边住宿的情况，还是觉得只能在达日住一晚。当然，我这小身板还算可以，除了走路有点晕晕乎乎，呼吸稍微有点费劲以外，好像也没有其他什么反应。第二天早上，住处对面的山和山间的建筑，在晨光的照耀下完全惊艳到了我。这是我在三江源唯一见到的让我直呼完美的建筑与山的合体。

上一次来达日，我们在下午4点从花石峡出发，走省道前往达日。接近 300 公里的无人区，路还是坑坑洼洼的机耕道，行到半路，苍茫的蜡黄草原，同行的藏族霍哥开车开到心理崩溃，直言再也不能掌握方向盘前进一米。我英勇地坐上驾驶室，坚定地驶向目的地。可后半程天很快黑了，同时天公不作美，还下起了雨夹雪，一路斗胆摸索着驶入达日县城。第二天早上天亮以后，耀眼的朝霞又提起新的一天。完全没有留下半点前一夜雨夹雪的痕迹。但勇往直前的黄河，依旧魅力不减半分。

这一次，藏族霍哥听说又要准备从玉树去达日。他立即警觉地问，这次还要走花石峡到达日那条"减肥路"吗？在得知从玉树到达日有另外一条路，并且路况较好、用时要短的时候，他开心得又起调唱起《兰花花》那最经典的一句词儿。经典演绎了一个长不大的大男孩儿的洒脱，逗得我和骆驼王师傅都忍不住笑起来。

事实上，从玉树到达日，如果要走高速，确实要从花石峡那边，走上一次那段还没修好的烂路才行。但从行程的单一性和不重复原则出发，则完全没必要那样去绕一大圈。因为地图上显示有另外一条很好走的国道可以前往，何乐而不为呢？这条连接玉树市和达日县之间的道路，从玉树出发，走大约 40 公里的高速到歇武镇，下道转至省道 217 前往四川省的石渠县，然后沿 345 国道横穿石渠县，就可以到目的地达日县，全程比走共玉高速到花石峡镇下道，再穿那 300 公里无人区还可以节约三小时的时间。

从行驶的路面情况，这条路也是近两年才铺草油路，路上过往车辆不多，路基受冻土影响的范围也非常有限，车辆跑起来那叫一个畅快。我偷偷瞄了一眼藏族霍哥掌舵下的车速，130 公里 / 小时，就算开的是坦克，有那么一点赶时间，这速度也确实是一个问题。

这一趟去达日，路好走了，可天公似乎并不太配合。我们一路上不停地遭遇下雨云团。无论是锋面雨，还是地形雨，或是对流雨，加起来少不了十次，不过我们一致认为这些都是毛毛雨。最后一次，在快要到达达日县城所遭遇的雨，则豪放了许多。雨滴打在挡风玻璃上，几乎就像是泼下来的。我们开玩笑说，每一次到达日，达日人民都用特别热情的方式欢迎我们这一队"水专家"。这一路击窗欢歌，直到我们在晚上近 10 点到达住处，也没见缓解。

就在我们纠结没有雨具，是否应该冒雨去吃饭的时候，雨点突然就小了。嗨！这达日的雨也太懂事了吧！

雨后的珠姆广场
2022 年 6 月 26 日摄于达日县

后记：大爱青海　圆满六月

走过四季方知冷暖，走遍青海方识痴爱。

记得 2021 年 5 月，那是我第三次到青海。第二次来由于疫情，我没能亲自去。有人说，我不需要亲自来，委托就好。但是，内心有一份私心督促我一定要来。还记得我蹲在西宁的宾馆里，困住自己，努力赶工作进度，黑白颠倒。从最初的压力山大，到出发前一晚的最终释然，鬼知道我经历了怎样的封闭式工作。但这些都不重要了，重要的是计划任务基本完成……

如今，四趟三江源的采样工作圆满完成了。这意味着我们课题的全部外业采样工作结束。我 20 年的梦想，暂时可以画上一个小小的句号。

这一路走来，经历了一天内海拔的起伏跌宕，从 2400 米到 4900 米。沐浴了云雨突袭事件，从一天遭遇一次，到一天遭遇十次。见证了鄂陵湖边妖风的无情撕扯，以及早晚 20℃ 的温差礼遇。在月黑风高的暗夜翻山越岭，走过让人绝望的 300 公里无人区，伴着糙石路基带来的颠簸和面条式春日版暴风雪。遇到夜幕降临全城停电和刚地震后的灾区，那触目惊心的多米诺塌桥，现在想起还让人心惊胆战……

还有这一路所到之处的温饱饮食。从第一次出发，我就想去尝试藏餐。每日披星戴月，伴随着内心的怯懦和同行小伙伴的厉行节约，让这个想法最终成为了遗憾。但一路走来，有忍饥挨饿的骆驼精神，也有对天觅食的朴素情怀，还有对辣椒和大蒜不离不弃的坚定。每每想起玉树的葱爆牛肉，我就会想起学校食堂里的牛肉爆葱；每当提起夜晚赶路的饥肠辘辘，就会无比怀念高原的麻辣烫……

　　环境的艰苦叠加行程的紧凑，没有阻挡我们前进的脚步。恰是对三江源区如饥似渴的爱和风雨无阻的坚定意志，驱使我们风里来雨里去，成为高原上风驰电掣的"丈量者"。回望这一程，虽然经历了一些艰辛，但更多的还是各种各样的惊喜与收获。在乱石滩意外收获了梦想宝石，乐得开了花；在公路上遇到的各式堵牛事件，让我得到近距离观察牦牛的机会；在一望无垠的草原盆地遇到连片的格桑花，让我忘记了不远处好奇怒目的牛群……

　　我们所仰望的蓝天白云，让我深刻地体会到了什么叫高原的云淡风轻。那不断变幻的白云，时而厚重，时而轻盈，若隐若现。上一秒你也许还在为蓝天下的白云高歌不止，下一秒就风起云涌，令你猝不及防。这些美丽得让人痴醉的云彩可在瞬间就被染成灰色，变幻之快，让人完全避之不及。

　　我们所翻越的群山，历经千万年的风霜，严峻依然。尽管因海拔高度的跌宕起伏，它们在自然风雨的包裹洗礼下，崩落、风化、顺势而成，但毫无怨言，风骨孑然，傲立依旧。

　　这一路走来，四趟行程接近 40000 公里，我曾经对三江源、对青海空白的认知，也在路途中慢慢填满了。面对这样脆弱的生态环境，我有了一点点自己的看法与观点。

未来的路还很长，我相信这一程不会成为终点。

坚毅的守望
2022 年 6 月 24 日摄于洛德玛冒茸曲

附　录

相思三江源

雪蒙柔情石漠岗，藏苍狂野徒浩汤。
三江源起至高处，深海睿智纳琼浆。

格尔木西河的低山头
2020 年 9 月 17 日摄于京拉线沿途

记 4499[①]

意下比翼齐挑读，未知病毒苦幸福。
孤飞高山仰久慕，夜半挑灯思空悟。

---

①4499：指海拔 4499 米的地方。

青藏铁路楚玛尔河特大桥
2020 年 9 月 18 日摄于楚玛尔河废弃公路桥

别　浪

恍然花落之时
我轻轻推了推鼻梁上的眼镜
目光落在远处那一望无边的金灿灿的青稞浪里
曾经幻想与向往了一万次的高原草原
应该是苍茫草海里一带柏油路
眼前的苟且却
忽而是风
忽而是雨
忽而又是艳阳
全都融化在这低低草地中
卷起一壑壑溪流
扬起一团团牛羊成群
是谁的多情
印染了天边蜕变的云彩
又是谁的相思
卷走了空中的尘埃
我呆若木鸡

只因云卷云舒太快
我又斗志昂扬
唯愿相伴驰骋如蜗
不枉浪迹江源

玉珠峰雪山
2020 年 9 月 18 日摄于京拉线沿途

命　运

疾风知劲草
必伏趟
然
风哪知小草之志向
磐石尚不能屈服
况驱隙尔

活水远流长
必击石
然
愚石焉知源泉之快乐
虾鱼且不敢诉说
何偶遇之

鹰击翔长空
必嘶鸣
然
浮云难懂翱翔之惆怅

大地且不够温暖

奈自由甚

环保宣传语：带走一袋垃圾
2020 年 9 月 18 日摄于京拉线昆仑泉驿附近

唐古拉的夜

唐古拉的夜漆黑漫长
睁着眼的我
记不得跨过了几条河,翻过了几座山
因为这里除了山河就是草原
可在我心里
明镜似的记得
那些"伏地魔"的善良

我挥一挥手
带走了一批期望
你点一点头
收藏了几番期许

敞开我们的怀抱吧
"伏地魔"会因为恩宠而变得可爱
闭上你我的耳朵吧
那样就不会再有孤独

黑夜过后就是黎明

等待就好

唐古拉山镇
2021 年 9 月 3 日摄

大水水文站赞

蓝天白云是我家,无声黑河浊无瑕。
边际倘来孤帆影,芒草及腰有如花。

大水水文站
2021 年 9 月 7 日摄于泽修村

叹玛曲之岖

玛曲是为黄河源,故人叹息多回魂。　　常见欢溪无鱼涟,温差斗尺不算难。
今有如花偏执意,莫奈数级无清还。　　故人未知高山苦,伊人常缺泪涟涟。
辗而倍转描支沟,县城方寸碾破轮。　　羡煞氤氲伴晴阳,浩渺习习胭脂甘。
时有草地藏小壑,草鼠撒欢埋菜玩。　　孤人企及出头时,萍聚必得心经传。

牦牛
2021 年 9 月 8 日

叹 归

久居高山迷仓鼠，怀览万溪数蒿树。
遥望巴渝嗅嘉陵，惆怅今宵酒何处。

草原仓鼠
2022 年 6 月 18 日摄于杂威冻列